PROMENADE SENTIMENTALE ET SCIENTIFIQUE

AU JARDIN D'HIVER

D'UN PAPILLON VOYAGEUR

AYANT POUR INTERPRÈTE

M. Edmond (de Serigny)

ILLUSTRATIONS DE BERTALL, BELAIFE ET BRUNO

GRAVURE DE LEBLANC

Prix : 1 franc

DÉPOT PRINCIPAL, CHEZ L'AUTEUR, RUE DE SÈVRES, 99
EN VENTE AU JARDIN D'HIVER
ET CHEZ LES PRINCIPAUX LIBRAIRES

S

PROMENADE

SENTIMENTALE ET SCIENTIFIQUE

AU JARDIN D'HIVER

D'UN PAPILLON VOYAGEUR

AYANT POUR INTERPRÈTE

M. EDMOND (DE SÉRIGNY).

TYPOGRAPHIE PLON FRÈRES, 36, RUE DE VAUGIRARD.

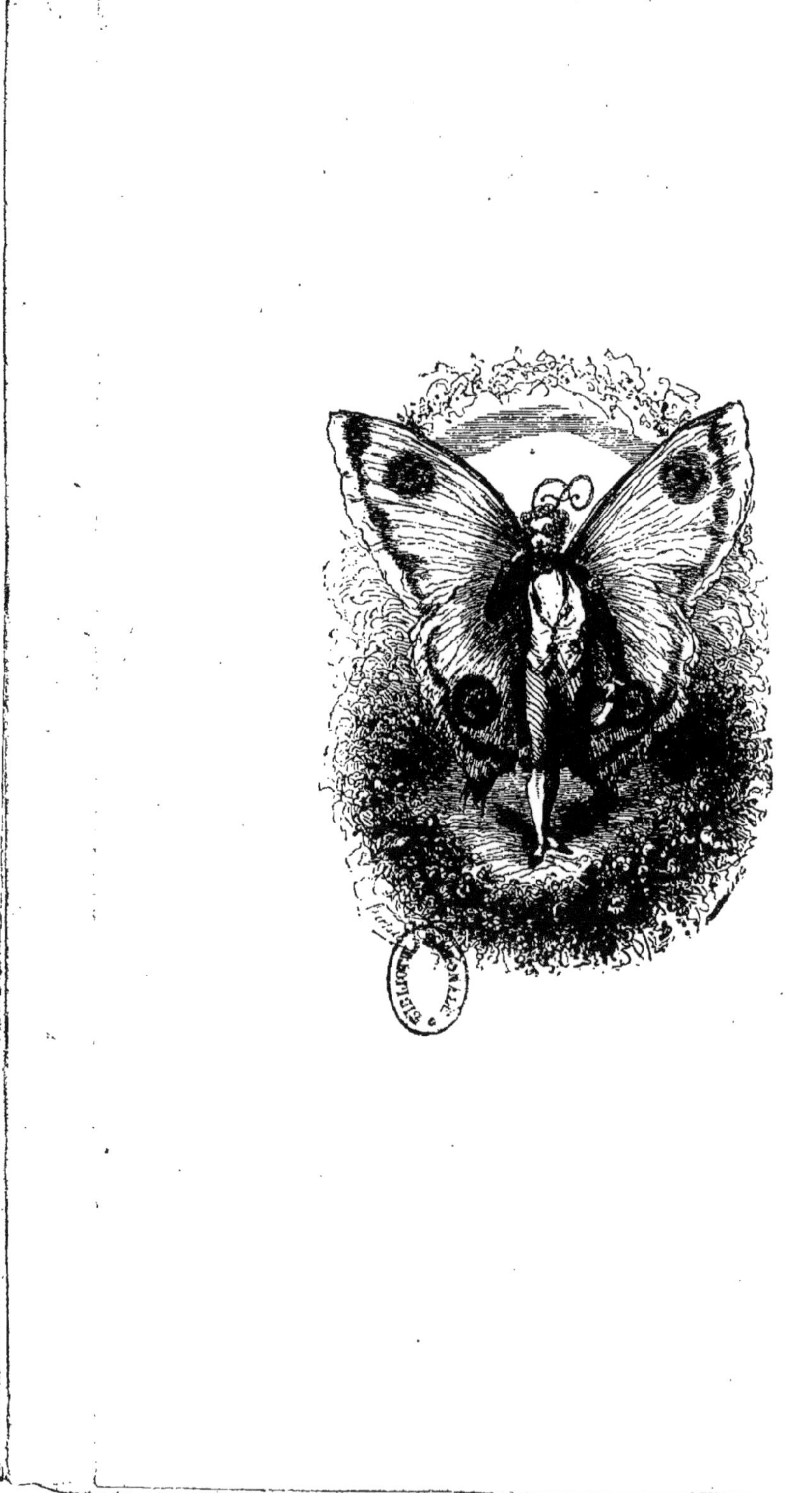

PROMENADE

SENTIMENTALE ET SCIENTIFIQUE

AU JARDIN D'HIVER

D'UN PAPILLON VOYAGEUR

AYANT POUR INTERPRÈTE

M. EDMOND (DE SÉRIGNY).

NOTICE INSTRUCTIVE ET AMUSANTE

SUR LES PRINCIPALES PLANTES EXOTIQUES QUI CROISSENT AU JARDIN D'HIVER ;

LEUR MODE DE CULTURE ET DE MULTIPLICATION ;

LEURS MOEURS, LEURS USAGES, ETC.

PRÉCÉDÉE D'UN ABRÉGÉ DE BOTANIQUE

ET ILLUSTRÉE PAR BERTALL, BELAIFE ET BRUNO.

GRAVURE DE LEBLANC.

DÉPOT PRINCIPAL

CHEZ L'AUTEUR, RUE DE SÈVRES, 99.

EN VENTE

AU JARDIN D'HIVER

ET CHEZ LES PRINCIPAUX LIBRAIRES DE PARIS ET DES DÉPARTEMENTS.

M DCCC XLVIII

ABRÉGÉ

DES

PRINCIPES DE BOTANIQUE

POUR SERVIR A L'INTELLIGENCE

DES CAUSERIES DU PAPILLON[1].

La botanique a pour objet la *connaissance*, la *description* et la *classification* des végétaux.

Mais, pour *connaître*, *distinguer* et *classer* un végétal, il faut pouvoir s'appuyer sur une série de caractères propres à diriger ces opérations.

Cette série de caractères est naturellement puisée

---

[1] Cet abrégé, que nous sommes obligé de faire le plus succinctement possible, est un extrait presque littéral de l'*Herbier des Demoiselles* de M. Edmond Audouit, dont nous adopterons le plan et la marche, ainsi que les nouvelles expressions qu'il a créées dans le but de rendre la botanique plus chaste dans son langage et, conséquemment, accessible à tout le monde.

dans le végétal lui-même, autrement dit, dans l'ensemble de toutes les diverses parties qui concourent à la conservation de son existence et à la perpétuation de son espèce ; et, comme ces parties ont reçu le nom d'*organes*, leur étude prend celui d'*organographie*, c'est-à-dire description des organes.

L'organographie est donc le premier élément de la botanique.

Mais, la connaissance d'un organe n'étant réellement complète que lorsqu'on sait les attributions de cet organe, il est indispensable de les étudier, et c'est ce qui constitue la *physiologie végétale*.

Enfin, comme il est nécessaire d'avoir des notions exactes sur la texture ou composition intime des organes, afin de se rendre compte de leurs fonctions, l'étude de cette texture, ou *anatomie végétale*, doit s'ajouter aux deux premières. Et nous dirons, en nous résumant, que c'est dans l'*organographie*, la *physiologie* et l'*anatomie végétales* que l'on trouve cette série de caractères qui mène au but de la botanique, c'est-à-dire la *connaissance*, la *description* et la *classification* des végétaux.

L'exposé de ces principes de la botanique a besoin d'être soumis à un ordre quelconque ; nous avons dit celui que nous suivrions, et nous allons l'indiquer par un extrait textuel :

« C'est ainsi que, prenant une plante [1] à la bril-

---

[1] *Herbier des Demoiselles*, page 7.

lante époque de la floraison, nous avons commencé par décrire ce qui attire davantage les regards, la fleur, dans laquelle réside le germe d'un autre végétal. A la fleur nous avons fait succéder le fruit ; c'est ce qui se passe dans la nature. Le fruit nous a fourni le sujet de parler des graines ; et enfin celles-ci nous ont donné l'occasion d'étudier la racine, la tige, les rameaux et les feuilles dans l'ordre naturel de leur apparition. »

DE LA FLEUR.

La fleur se compose de deux sortes d'organes : les *organes principaux* et les *organes accessoires.*

Les organes principaux sont : Le *pistil* et les *étamines.*

Les organes accessoires : la *corolle* et le *calice.*

Ces deux sortes d'organes prennent leur insertion sur une partie souvent charnue que les botanistes nomment *réceptacle*, et qui se fixe aux rameaux, soit immédiatement, soit par le moyen d'un prolongement appelé *pédoncule* ou *queue de la fleur.*

Si ce pédoncule manque, la fleur est dite *sessile ;* dans le cas contraire, on la nomme *pédonculée.*

ORGANES PRINCIPAUX.

DU PISTIL.

Le *pistil*, aussi nommé *organe germinifère* parce qu'il contient le germe du fruit et d'une nouvelle plante, est placé presque toujours au centre de la fleur et se compose de trois parties : 1° l'*ovaire*, 2° le *style*, 3° le *stigmate*.

L'*ovaire* occupe la base. C'est un renflement plus ou moins considérable qui doit un jour constituer le *fruit*, et qui, coupé en travers ou longitudinalement, présente plusieurs *loges* renfermant de petits corpuscules nommés *ovules*, et qui sont des *rudiments de graines.*

Si l'ovaire est apparent au fond de la fleur, on le nomme *ovaire supère;* si on ne l'aperçoit qu'en partie, on l'appelle *semi-supère* ou *semi-infère,* selon la position qu'il tient; enfin, quand il est entièrement caché par la corolle ou le calice, il est dit *ovaire infère.*

Le *style* est un petit tube filiforme qui, prolongeant l'ovaire, sert de support au stigmate. Il n'existe pas toujours, et, dans ce cas, l'on dit que le stigmate est *sessile* sur l'ovaire.

Le *stigmate* est une partie très-importante, puisque la fructification n'a pas lieu quand il vient à manquer. Sa forme est très-variée : tantôt c'est une boule, tantôt un fer de lance, tantôt un crochet, un bouclier, etc., etc.

DES ÉTAMINES.

Les étamines, également appelées *organes polliniques* parce que leur essence réside surtout dans une petite masse ordinairement pulvérulente, et que l'on nomme *pollen*, sont placées généralement autour du pistil.

Elles se composent de trois parties ; le *filet*, l'*anthère*, et le *pollen*.

Le *filet* serait tout à fait analogue au style, si ce n'est qu'il est plein, tandis que l'autre est creux. Il manque dans plusieurs plantes ; et alors l'anthère est appelée *sessile*. Quand il existe, il est utilement employé dans la classification des végétaux. « Ajoutons à cela que le filet donne aux fleurs une grâce toute particulière. Quoi de plus joli, dans le lis par exemple, que ces anthères dorées qui, au milieu d'un calice d'albâtre et semblables à des oiseaux perchés sur des épis, se bercent au sommet de leur gracieux support qui fléchit doucement sous ce léger fardeau. » (*Ouvrage cité*.)

L'*anthère* est aussi indispensable que le stigmate auquel elle ressemble encore par la variété de sa configuration. Le plus souvent divisée en deux loges, elle peut en offrir un plus grand nombre ; et, selon les cas, on l'appelle *uniloculaire*, *biloculaire*, *triloculaire*, etc.

Le *pollen*, dont nous avons dit un mot tout à l'heure, est d'une telle importance que nous verrions le globe changer d'aspect si tout d'un coup toutes les plantes s'en trouvaient dépourvues.

« Sans le pollen, en effet, pas de fruit, pas de graines, pas de reproduction de plantes. En indiquant ses fonctions, nous expliquerons les ressources que la nature emploie pour les assurer, et comment une brise folâtre ou un léger papillon vont porter au sein des prairies ces petits nuages de différentes couleurs qui préparent le bien-être des habitants de toute une contrée. » (*Ouvrage cité.*)

Les étamines, dont le nombre est très-variable, s'insèrent tantôt sous l'ovaire, qui alors est *supère*, (*insertion hypogynique*), tantôt autour de lui, tantôt sur son sommet ; dans ce dernier cas, l'ovaire est *infère* et l'*insertion épigynique* ; dans l'autre, l'ovaire est *semi-supère* ou *semi-infère*, et l'*insertion périgynique*!

Les deux organes principaux que nous venons d'examiner suffisent pour constituer la fleur dans le sens que les botanistes attachent à ce mot ; et même quelques fleurs n'ont qu'un seul de ces organes, ce qui leur vaut le nom de *fleurs germinifères* si cet organe est un pistil, et de *fleurs polliniques* si ce sont des étamines.

Mais, à vrai dire, une fleur ainsi composée n'est qu'une fleur *incomplète*.

Pour qu'elle soit *complète*, il faut qu'elle présente aussi les organes accessoires, dont le principal but est de protéger le pistil et les étamines.

La fleur complète s'appelle également *fleur mixte*, parce qu'elle renferme à la fois le pistil et les étamines.

Les fleurs germinifères et polliniques sont comprises sous le nom collectif de *fleurs unifères*.

ORGANES ACCESSOIRES.

DE LA COROLLE.

La corolle est le plus intérieur de ces deux langes, colorés, odorants, délicats et gracieux, qui servent d'enveloppe aux organes principaux et dont l'assemblage est nommé *périanthe* de fleur.

Ce périanthe est appelé *double* quand on y trouve la corolle et le calice ; on le nomme *simple* quand il est formé par un seul de ces organes. Dans ce cas, c'est la corolle qui manque, et le calice hérite de ses couleurs, comme on l'observe dans la Tulipe, par exemple.

Quand la corolle existe, elle est composée d'une ou de plusieurs pièces appelées *pétales*.

Si elle est d'une seule pièce, on l'appelle *mo-*

nopétale, et l'on y distingue trois parties : l'une inférieure nommée *tube;* une supérieure appelée *limbe*, enfin une intermédiaire aux deux précédentes que l'on désigne sous le nom de *gorge*, et qui consiste en une sorte de rétrécissement circulaire.

Quand la corolle est de plusieurs pièces, elle est dite *polypétale*, et, dans chacune de ces pièces ou *pétales*, on considère deux parties : 1° une inférieure ou *onglet*, par laquelle elle adhère au réceptacle; 2° une supérieure ou *lame*, qui correspond au *limbe* de la corolle monopétale.

Les corolles *monopétale* et *polypétale* sont *régulières* ou *irrégulières*, selon que leurs incisions ou divisions sont symétriques ou insymétriques.

DU CALICE.

Le calice, qui, ainsi que nous le disions à l'instant, constitue seul le périanthe simple, est, comme la corolle, formé d'une ou de plusieurs pièces, qui sont désignées sous le nom de *sépales*.

S'il est d'une pièce, c'est un *calice monosépale;* on le nomme *polysépale* quand il y en a plusieurs.

Le calice monosépale est divisé, comme la corolle monopétale, en trois parties : le *tube*, le *limbe* et la *gorge*.

Les sépales du calice polysépale n'ont pas de divisions particulières.

Il existe quelquefois autour d'une ou de plusieurs fleurs de petites feuilles qui les enveloppaient avant qu'elles ne fussent épanouies. Ces petites feuilles ont reçu le nom de *bractées* lorsqu'elles n'affectent pas une forme particulière ; mais, si elles sont régulièrement disposées autour d'un axe, comme dans les *Anémones*, on les appelle *involucres*; si elles se soudent entre elles pour constituer un récipient ligneux ou coriace, ce récipient se nomme une *cupule*, comme dans le fruit du Chêne. On donne enfin la dénomination de *spathe* à cette poche membraneuse qui renferme les boutons du Narcisse-Jonquille.

On sait que l'épanouissement des fleurs, autrement dit l'*anthèse*, n'a pas lieu dans toutes les plantes à la même époque, et, d'après cela, l'on a dressé une espèce de calendrier, dont nous allons donner un aperçu en citant les fleurs qui doivent le plus nous intéresser dans cet ouvrage.

CALENDRIER DE FLORE.

EN JANVIER, *fleurissent :*

Le Peuplier blanc.
Le Perce-Neige.

EN FÉVRIER.

Le Daphné bois-gentil.
La Nivéole du printemps.

EN MARS.

Le Narcisse.
La Primevère.
La Giroflée jaune.
L'Anémone.

EN AVRIL.

La Tulipe.
L'Impériale.
La petite Pervenche.
La Jacinthe.
Le Lilas.

EN MAI.

Le Muguet.
La Filipendule.
Les Iris.
La Pivoine.

EN JUIN.

Le Bleuet.
La Nigelle des Blés.
Le Pied-d'Alouette.
Le Nénuphar.
Le Pavot.

EN JUILLET.

La Menthe.
L'Œillet.
Le Catalpa.

EN AOUT.

La Scabieuse.
La Balsamine.
Le Laurier-Tin.

EN SEPTEMBRE.

Le Cyclame d'Europe.
Le Réséda.
Le Colchique d'automne.

EN OCTOBRE.

Le Chrysanthème des Indes.

EN NOVEMBRE.

La Verveine.

EN DÉCEMBRE.

La Lopézie.
Les Mousses.

Non-seulement les fleurs ne s'épanouissent pas à la même époque, mais encore, chez celles où ce phénomène a lieu vers le même temps, on observe des différences d'après lesquelles Linné établit une sorte d'horloge qu'il appela l'*Horloge de Flore*, et dont voici le tableau :

A minuit s'ouvre le Cactus à grandes fleurs.
A 1 heure, le Laiteron de Laponie.
A 2 heures, le Salsifis jaune.
A 3 heures, la grande Picridie.
A 4 heures, le Liseron des haies.
A 5 heures, la Crépide des toits.
A 6 heures, la Scorsonère.
A 7 heures, le Nénuphar.
A 8 heures, le Mouron des champs.
A 9 heures, le Souci des champs.
A 10 heures, la Ficoïde napolitaine.
A 11 heures, l'Ornithogale, Dame d'onze heures.
A midi, la Glaciale.
A 1 heure, l'Œillet prolifère.
A 2 heures, la Crépide rouge.
A 3 heures, le Pissenlit taraxacoïde.
A 4 heures, l'Alysse alissoïde.
A 5 heures, la Belle-de-Nuit.
A 6 heures, le Géranium triste.
A 7 heures, l'Hémérocale safranée.
A 8 heures, la Ficoïde nocturne.
A 9 heures, le Nyctanthe du Malabar.
A 10 heures, le Liseron à fleurs pourpre.
A 11 heures, le Silène, fleur de nuit.

Pour compléter enfin ce qui a rapport aux fleurs, nous dirons que, d'après leur disposition sur les rameaux ou *inflorescence*, les botanistes les ont divisées en :

1° *Axillaires*, quand elles naissent dans l'aisselle des feuilles;

2° *Terminales*, quand elles sont au sommet de la tige;

3° *Composées*, quand elles offrent les deux dispositions ci-dessus;

4° *Anomales*, quand elles n'appartiennent à aucune des modifications précédentes.

USAGES NATURELS DES FLEURS.

Nous avons déjà fait pressentir que les fleurs n'avaient pas seulement pour but d'embellir nos bosquets, de récréer nos sens et de servir d'interprètes aux sentimens les plus aimables. Leur mission est en effet bien plus importante; car ce sont elles qui doivent assurer la perpétuation de leur espèce en fournissant des graines capables de les reproduire; et, pour arriver à ce résultat, il est indispensable qu'elles associent et combinent leurs éléments; il faut, autrement dit, que le pollen des étamines puisse pénétrer dans l'intérieur de l'ovaire : tels sont les usages naturels que les fleurs ont à remplir.

A l'époque où ce phénomène doit avoir lieu, l'anthère s'ouvre dans un ou plusieurs points de son étendue, et le pollen, s'en échappant aussitôt, va se déposer sur le stigmate de l'organe germinifère, où il trouve une humidité qui l'imprègne et le retient un instant; puis, traversant le style, il arrive se mettre en contact avec les ovules contenus dans l'ovaire. Dès lors les périodes de la maturation commencent, et, si rien ne vient entraver leur marche, des fruits succulents et beaux succèderont à ces brillantes corolles dont l'éclat nous a si souvent captivés.

On conçoit que les fleurs puissent facilement remplir leurs usages naturels lorsque le pistil et les étamines sont renfermés dans le même périanthe, ou lorsque des fleurs germinifères et polliniques sont situées sur la même plante, qui, dans ce cas, s'appelle une plante *monoïque*.

Mais dans les plantes *dioïques*, c'est-à-dire dans celles où les fleurs germinifères sont sur un pied et les fleurs polliniques sur un autre, le problème est plus difficile à résoudre; et c'est alors que nous voyons ces charmants petits êtres faire des efforts incroyables pour surmonter les obstacles qui se présentent, comme s'ils comprenaient toute la grandeur de leur rôle, ou comme s'ils étaient mus par ce tendre sentiment qui, dans son paroxysme, ne connaît pas d'infranchissables barrières.

L'espace ne nous permet pas de raconter ici les merveilleux prodiges que l'on remarque dans une foule de plantes, telles que la *Vallisnerie*, la *Renoncule aquatique*, certains *Arums*, etc. Mais nous reproduirons cette petite peinture, si bien faite pour épanouir l'âme et donner une idée de ce qu'il y a d'attrayant dans l'étude des phénomènes de la nature.

. . . .

« Parfois le spectacle est plus curieux encore. Autour d'une fleur nouvellement éclose voltige un gentil papillon, qui de temps en temps se pose avec précaution sur les lèvres de la corolle et semble examiner l'anthère pour juger du moment où ses loges vont s'ouvrir ; il s'éloigne, retourne, s'envole, revient encore, et reçoit enfin la poussière pollinique sur ses ailes diaprées. Il part. Sur son chemin bien des fleurs attireront les regards du charmant insecte ; elles étaleront pour l'éblouir, celle—ci sa corolle d'albâtre, celle-là son calice d'azur, une autre ses nombreux pétales d'or.

Séduit un instant par le puissant attrait du luxe et de la richesse, il oublie sa mission, se détourne de sa route, et est sur le point de compromettre son précieux dépôt. Cependant il s'arrête, il regarde, il hésite, et, s'éloignant des tentatrices, il reprend son vol et s'abat sur une humble petite plante qui végète dans la solitude sur des rochers arides. » (*Ouvrage cité.*)

DU FRUIT.

Le fruit se compose de deux parties principales : 1° le *péricarpe* ; 2° la *graine*.

Péricarpe ou enveloppe extérieure du Fruit.

Un des caractères de cet organe est de toujours exister, quoique souvent, comme, par exemple, dans le froment, l'avoine, etc., on ne l'aperçoive pas de suite, tant il est mince et délié. On y remarque trois parties :

1° Une extérieure, très-mince : on la nomme *épicarpe* ;

2° Une intérieure, également très-fine : c'est l'*endocarpe* ;

3° Enfin une intermédiaire, charnue dans les pommes, les pêches, les prunes, etc., sèche dans l'orge, l'avoine, etc. : on l'appelle *sarcocarpe* ou *mésocarpe*.

Dans certains fruits, le péricarpe, à l'époque de la maturité, s'ouvre en plusieurs valves et met à nu les graines contenues dans son enceinte. Ce phénomène a reçu le nom de *déhiscence*.

De la Graine ou partie intérieure du Fruit.

De même que le péricarpe, la graine est composée de trois parties :

1° L'*épigrane* ou membrane extérieure ;

2° L'*endograne*, substance farineuse ou cornée, qui n'existe pas constamment, et qui est destinée, quand elle existe, à nourrir l'embryon de la graine ;

3° L'*amande* ou *embryon*.

Ces deux dernières parties de la graine n'ont pas relativement l'une à l'autre une position fixe ; ainsi, dans certaines plantes, comme la *Belle-de-Nuit*, les *Amarantes*, etc., c'est l'amande qui entoure l'endograne ; tandis que dans d'autres, la *Bruyère*, par exemple, c'est l'endograne qui entoure l'embryon.

L'amande ou embryon renferme les éléments rudimentaires du végétal ; ces éléments sont :

1° Le *corps radiculaire* ou *radicule*, qui occupe la base ;

2° Le *corps cotylédonaire*, qui manque dans certains végétaux, et qui, dans ceux où il existe, est formé d'une ou deux parties nommées *cotylédons ;* ce qui a fait diviser les plantes en *acotylédonées* (sans cotylédons), *monocotylédonées* (un cotylédon) et *dicotylédonées* (deux cotylédons) ;

3° La *gemmule*, petit bourgeon de feuilles placé entre les cotylédons des plantes dicotylédonées, et dans le cotylédon des végétaux monocotylédonés ;

4° La *tigelle*, qui se confond souvent avec la radicule.

Le grand nombre des fruits et la variété de leurs formes a forcé d'établir entre eux une classification et de leur donner des noms particuliers.

Les trois premières divisions de la classification des fruits ont été tirées du nombre de pistils réunis dans un même fruit : ainsi, quand il provient d'un seul pistil, c'est un *fruit simple*, comme la cerise, la pêche, etc. S'il provient d'un plus grand nombre,

2.

c'est un *fruit composé*; exemples : la figue, l'ananas. Quand enfin plusieurs pistils appartenant à des fleurs distinctes se sont réunis et soudés ensemble pour former un fruit, ce fruit prend le nom de *multiple* : telles sont la fraise et la framboise.

Les fruits *composés* et multiples n'ont pas de sub-division.

Les fruits simples, au contraire, qui sont incomparablement plus nombreux, ont été subdivisés en *fruits charnus* et en *fruits secs*, et ces derniers à leur tour ont été l'objet d'une nouvelle subdivision, suivant qu'ils présentent ou non le phénomène de la *déhiscence.*

Un tableau rendra cette classification plus facile à comprendre et à retenir.

A. FRUITS SIMPLES.

1° Secs et déhiscents.

Ce sont :

1. La *Gousse.* Ex. les Pois;
2. La *Silique.* Ex. la Giroflée;
3. La *Silicule.* Ex. le Cochléaria;
4. Le *Follicule.* Ex. la Pervenche, le Laurier-Rose;
5. La *Capsule.* Ex. le Coquelicot, l'Œillet;
6. La *Pyxide.* Ex. le Pourpier.

2º *Secs ou indéhiscents.*

1. La *Cariopse.* Ex. le Riz, le Blé ;
2. L'*Akène.* Ex. le Bleuet, la Renoncule ;
3. La *Samare.* Ex. l'Orme, l'Érable ;
4. Le *Gland.* Ex. le Chêne, le Noisetier.

3º *Charnus et pulpeux* (ils sont toujours indéhiscents).

1. La *Baie.* Ex. les Raisins, les Groseilles ;
2. La *Drupe.* Ex. le Cerisier, l'Abricotier ;
3. La *Noix.* Ex. les Amandes, les Noix ;
4. Le *Péponide.* Ex. le Melon.

B. FRUITS MULTIPLES.

1. La *Syncarpe.* Ex. le Magnolier ;
2. La *Mélonide.* Ex. les Poiriers, les Néfliers.

C. FRUITS AGRÉGÉS OU COMPOSÉS.

1. Le *Cône* ou *Strobile.* Ex. le Cyprès ;
2. Le *Sorose.* Ex. l'Ananas ;
3. Le *Sycône.* Ex. la Figue.

Les fruits, mais principalement leurs graines, présentent, comme les fleurs, des phénomènes admirables, qui montrent tout le soin que le Créateur a pris d'assurer la perpétuation de son œuvre.

Les lignes suivantes en donnent une idée :

« Enfin les fruits ont atteint leur parfait état de maturité ; leurs valves vont s'entr'ouvrir, et les graines, se détachant du *férograne* [1] desséché, vont franchir, sur l'aile des vents ou sur la surface des eaux, le trajet qui les sépare de l'endroit où une *voix puissante leur dira de s'arrêter, de germer et de reproduire un végétal semblable à celui qui les a fournies.*

» Ces différents modes de locomotion sont facilités par des conformations appropriées. Celles qui doivent se confier au souffle du zéphyr sont pourvues d'appendices membraneuses en forme d'ailes, ou surmontées d'aigrettes soyeuses, qui, s'écartant en parachute, leur permettent de se soutenir dans les airs.

» Les graines de l'Érable ont deux ailerons membraneux semblables aux ailes d'une mouche. Celles de la Giroflée représentent des écailles légères que le moindre vent suffit pour emporter au loin. Celles des Chardons, des Laitues, des Pissenlits, des Bleuets, etc., sont munies d'aigrettes ou de panaches légers qui leur permettent de se transporter à

---

[1] Le *férograne* est un assemblage de petits vaisseaux imperceptibles qui, partant du *sarcocarpe*, vont s'insérer sur la graine autour d'un point nommé le *hile*.

des distances considérables. Les semences de l'Orme sont enchâssées au milieu d'une foliole ovale qui leur sert également de parachute.

» Si ce sont les flots qui les doivent entraîner vers de lointains rivages, façonnées en gracieux petits bateaux ou en pirogues légères, elles se réunissent en flottilles, affrontent la fureur des tempêtes, et, sous la conduite de la Providence, qui leur sert de boussole, elles vont fonder de nombreuses colonies sur des plages où le voyageur égaré trouvera plus tard un aliment à sa soif, un repos à ses fatigues.

» Ainsi, les semences du Coudrier sont renfermées dans de petits tonneaux, celles du Fenouil ressemblent parfaitement à une petite pirogue. Les baies de l'Arbre à cire ou Piment royal sont enduites d'une espèce de cire qui leur permet de surnager. La Scabieuse des marais a ses graines surmontées d'une demi-vessie qui leur sert de voile ; celles de la Capucine présentent un sillon qui les empêche de rouler en tout sens. Toutes enfin sont conformées de manière à pouvoir voguer sur la surface des eaux.

» Les graines qui n'ont ni ailes ni panaches, et que leur poids entraînerait au fond de l'eau, ont un mode de dissémination fort bizarre. Entourées d'une couche pierreuse, elles sont avalées par les oiseaux, qui, ne pouvant les digérer, les sèment sur les murailles, sur les rochers et au delà des mers.

» Mais tous les végétaux ne voient pas ainsi fuir au loin leurs éléments reproducteurs.

» Plusieurs plantes disséminent autour d'elles les graines dans lesquelles elles revivront l'année suivante ; et nous avons journellement dans nos bosquets des exemples de ces plantes qui meurent environnées de leur jeune famille. Dans ce cas, c'est le plus souvent le péricarpe, et cela est frappant dans la Balsamine, qui, muni d'un ressort élastique, lance aux environs les graines contenues dans son enceinte.

» Remarquons que ce sont principalement les graines des végétaux qui ne vivent qu'une seule année dont la dissémination a lieu dans un espace circonscrit. La cause en est facile à saisir. Si, en effet, les Frênes, les Ormes, les Sapins, dont l'existence est de longue durée, eussent répandu près d'eux les embryons d'où sortira leur génération future, l'espace eût bientôt manqué, et les jeunes nourrissons seraient morts par défaut d'air et de lumière. Les plantes annuelles, au contraire, qui survivent si peu de temps à la maturité de leurs graines, laissent à celles-ci pour héritage la terre qui les a vues naître, se développer et mourir [1].

» N'est-ce pas là une frappante image de ce qui se passe parmi nous ? Lorsque la guerre ou un autre fléau ne décime pas la population, nous sentons le besoin d'établir des colonies qui nous fournissent des matériaux de fortune ou d'existence. L'équilibre vient-il à se rétablir, nous demeurons sur la terre

---

[1] Il est néanmoins beaucoup de plantes annuelles dont les graines sont emportées à des distances fort éloignées.

qu'habitaient nos aïeux. C'est de la sorte que la nature, en pourvoyant à l'existence et à la répartition des arbres et des arbustes sur toute la surface de la terre, offre dans sa marche des inductions philosophiques et profondes aux sommités gouvernementales. » (*Ouvrage cité.*)

DE LA GERMINATION.

On appelle ainsi l'ensemble des phénomènes que présente une graine placée dans des circonstances favorables à son développement.

Ces phénomènes sont divisés en trois périodes :

Dans la première la graine se gonfle en totalité ou en partie.

Dans la seconde le péricarpe se déchire.

Dans la troisième la radicule s'allonge et devient racine, la gemmule se développe, la tigelle s'élève, les cotylédons se flétrissent, et l'on dit que la graine est germée.

DE LA RACINE.

La racine est cette portion d'une plante qui, s'enfonçant dans la terre, y puise des matériaux nécessaires à l'alimentation de cette plante.

On y distingue trois parties :

1° Une supérieure, qui marque l'endroit où la racine finit et où la tige commence : on la nomme *collet* ou *nœud vital;*

2° Une moyenne : c'est le *corps de la racine,* dont les formes sont très-variées ;

3° Une inférieure, composée de filaments excessivement ténus et nombreux : elle porte le nom de *chevelu.*

Les racines varient quant à la durée de leur existence. Les unes ne vivent qu'une seule année, d'autres deux, d'autres beaucoup plus longtemps; différence qui les a fait diviser en *annuelles, bisannuelles* et *vivaces.*

DE LA TIGE.

Contrairement à la racine, la tige recherche l'air et la lumière pour y étaler son feuillage.

Il y a quatre espèces de tiges :

1° Le *tronc,* qui est propre aux végétaux dicotylédons, tels que le Chêne, l'Orme, etc.;

2° Le *stipe,* qui appartient aux monocotylédons, tels que les Palmiers ;

3° Le *chaume,* qui constitue la tige des graminées ;

4° Enfin la *tige* proprement dite, qui s'observe dans les végétaux herbacés.

La tige présente, quant à son aspect extérieur, des modifications très-diverses et très-tranchées.

Ces modifications portent sur sa *consistance*, sa *forme*, sa *direction*, ses *ramifications* et l'état de sa *superficie*.

Suivant sa consistance, la tige prend le nom de *herbacée*, *demi-ligneuse*, *ligneuse*, *fistuleuse*, *flexible*, etc.

D'après sa forme, on l'appelle *cylindrique*, *triangulaire*, *carrée*, *sillonnée*, etc.

Selon sa direction, elle est *droite*, *oblique*, *couchée*, *rampante*, *sarmenteuse*, ou *grimpante*, etc.

Suivant ses ramifications, elle est *simple* ou *rameuse*.

Enfin, d'après l'état de sa superficie, on l'appelle *unie*, *pubescente*, *vélue*, *laineuse*, *cotonneuse*, *soyeuse*, *épineuse*, *aiguillonneuse*, *pulvérulente*, ou *crevassée*.

On observe dans chaque espèce de tige une organisation intérieure particulière. Ainsi, le tronc est composé de couches concentriques qui, partant d'un centre creux, vont en augmentant vers la circonférence, et donnent à cette sorte de tige la forme arrondie qui la caractérise.

Ces couches concentriques, ou *zones*, sont elles-mêmes différemment organisées, selon l'endroit où on les examine ; et pour les distinguer, on a divisé le tronc en trois parties principales, qui sont : à l'intérieur, le *canal médullaire* et la *moelle ;* à l'extérieur, l'*écorce ;* au milieu, les *couches ligneuses*.

Le *canal médullaire* est constitué par ce centre

creux dont nous parlions tout à l'heure ; il renferme la *moelle*, substance spongieuse qui le remplit en entier dans les jeunes végétaux, mais qui plus tard se dessèche et finit même par disparaître presque totalement dans certaines plantes.

L'écorce présente à considérer de dehors en dedans : 1° l'*épiderme*, membrane fine et transparente qui revêt toutes les parties du végétal ; 2° l'*enveloppe herbacée*, masse verte et spongieuse ; 3° les *couches corticales*, assemblage de fibres disposées en réseau ; 4° le *liber*, ainsi nommé parce qu'il ressemble aux feuillets d'un livre.

Les *couches ligneuses* sont formées : 1° par l'*aubier* ou *faux bois*, appliqué sur le liber de l'écorce ; 2° par le *bois proprement dit*, qui n'est autre chose que l'aubier ayant acquis plus de compacité.

L'organisation du stipe est beaucoup moins compliquée que celle du tronc : c'est tout simplement une masse de moelle et de faisceaux ligneux renfermés dans un étui qui représente l'écorce des végétaux dicotylédons.

Le chaume est l'analogue du stipe, seulement il est beaucoup plus petit et creux à l'intérieur, exemple : les Roseaux.

La tige proprement dite n'offre rien de remarquable.

La variété que l'on observe dans les tiges avait engagé Tournefort à diviser les végétaux en *herbes*, *sous-arbrisseaux*, *arbrisseaux* et *arbres*. Cette clas=

sification a été remplacée par d'autres, néanmoins on s'en sert encore dans le langage ordinaire.

Au point de vue harmonique, les tiges contribuent puissamment au pittoresque du règne végétal, et, selon leur aspect extérieur, elles donnent à la plante un cachet de gentillesse, d'élégance ou de majesté qui s'accroît encore quand les végétaux sont groupés ensemble. « Si, considérés individuellement, les arbres ont des qualités qui nous frappent, réunis en masse pour constituer des forêts, leur prestige est plus saisissant encore. Qui ne s'est senti pénétré d'un saint respect en se promenant sous ces vastes dômes de verdure, où l'esprit s'agrandit et s'élève ? Qui n'a senti s'éveiller en soi des pensées plus généreuses et plus nobles au milieu de cette religieuse solitude, si favorable à la méditation, si avantageuse aux inspirations poétiques ?

» Le mot forêt est un de ces mots qui font image. En le prononçant, on croit voir ce vaste assemblage de Chênes, de Peupliers, de Frênes, de Trembles, d'Ormes, de Bouleaux, de Sapins et de Charmes. On croit entendre le chant des oiseaux, le cri des insectes, le doux murmure des Peupliers, le frémissement saccadé des Trembles et tous ces bruits divers produits par le zéphyr qui, léger et joyeux, se joue dans le feuillage. Dans cet état, la forêt est au repos ; elle est belle de calme et de dignité. Mais lorsqu'un ouragan vient s'abîmer sur elle, son aspect devient terrible ; ces énormes tiges, qui paraissaient inébranlables, sont agitées jusque dans leurs racines et semblent pousser de sourds mugissements. Les branches se courbent, les rameaux se brisent, les insectes fuient, les oiseaux se taisent, et d'épaisses ténèbres rendent souvent ce tableau plus effrayant encore. » (*Ouvrage cité.*)

DES BOURGEONS ET DES FEUILLES.

Les *bourgeons* sont de trois sortes : *florifères*, c'est-à-dire destinés à produire des fleurs; *foliifères*, devant fournir des feuilles et du bois; *mixtes*, ou à la fois florifères et foliifères.

Une seconde distinction est établie, selon que les bourgeons sont ou non revêtus d'une enveloppe protectrice qui les garantit du froid durant la mauvaise saison. Les premiers se nomment *bourgeons écailleux*, ils appartiennent aux plantes qui croissent dans les pays tempérés ou septentrionaux; les autres, appelés *nus*, sont particuliers aux végétaux des régions tropicales.

Les *feuilles*, avant leur naissance ou durant leur *préfoliation*, affectent, dans les bourgeons *foliifères*, une manière d'être identique pour les végétaux de la même famille.

Elles sont pliées en longueur dans le *Syringa;* de haut en bas dans l'*Aconit;* plissées comme un éventail dans le *Groseillier*, etc., etc.

Une fois entièrement développée, la feuille est formée de deux parties : 1° le *limbe* ou *disque;* 2° le *pétiole* ou *queue* de la feuille. Ce pétiole manque quelquefois, et la feuille alors est dite *sessile.*

Le limbe, qui existe toujours, à quelques rares exceptions près, doit être étudié dans sa *surface supérieure*, sa *surface inférieure*, sa *base*, son sommet et sa *circonférence.*

La *surface supérieure* est ordinairement lisse, unie et d'une teinte foncée.

La *surface inférieure*, d'une couleur plus claire, est sillonnée par des prolongements du pétiole qui, se ramifiant et s'anastomosant entre eux, constituent ce que l'on nomme le *squelette de la feuille.* Ces prolongements du pétiole ont reçu le nom de *nervures*, leurs divisions s'appellent *veines*, et les subdivisions *veinules.*

La *base* du limbe, selon sa configuration, fait donner aux feuilles des noms particuliers. Ainsi, d'après la forme de l'échancrure de cette base, on dit qu'elles sont : *cordées*, *cordiformes* ou *en cœur*, *rénaires*, *réniformes* ou *en forme de haricot*, *lunulées* ou *en croissant*, *sagittées* ou *en fer de flèche*, etc.

Le *sommet* les fait nommer *aiguës*, *piquantes* ou *obtuses.*

Enfin, la *circonférence* les fait désigner sous les noms de *rhomboïdales*, *trapézoïdes*, *triangulées*, *quadrangulées*, *incisées*, *dentées*, *elliptiques*, *ovales*, *rubanaires*, etc.

3.

Les diverses positions des feuilles sur la tige nécessitent des distinctions entre elles. On appelle *séminales* celles qui sont formées par les cotylédons; *radicales*, celles qui partent du collet de la racine; *caulinaires*, celles qui sont sur la tige; *ramaires*, celles qui naissent sur les rameaux, et *florales*, celles qui sont près des fleurs.

Les feuilles qui naissent sur la tige et les rameaux (les *caulinaires*, les *ramaires* et les *florales*) affectent des situations respectives qui sont très-importantes pour la classification des végétaux. On les appelle *opposées* quand elles sont placées vis-à-vis les unes des autres; *verticillées*, quand elles sont insérées circulairement; *alternes*, quand elles naissent alternativement à droite et à gauche; *éparses*, quand elles n'ont pas d'ordre fixe; *unilatérales*, toutes dirigées d'un seul côté, etc.

Enfin, quant à leur direction par rapport à la tige, elles sont ou *dressées*, ou *étalées*, ou *pendantes*, ou *nageantes*, ou *submergées*, etc.

Jusqu'ici nous n'avons considéré la feuille que dans son état de simplicité, c'est-à-dire formée d'un limbe et d'un pétiole; mais dans quelques végétaux ces organes se divisent, et les feuilles où cela se présente sont appelées :

1° *Feuilles composées*, quand le pétiole restant indivis porte plusieurs limbes;

2° *Feuilles décomposées*, quand le pétiole commun se divise;

3º *Feuilles sur-décomposées*, quand le pétiole offre des divisions et des subdivisions supportant chacune un limbe distinct.

La principale fonction des feuilles, par rapport au végétal qui les porte, est d'absorber dans l'atmosphère des principes nutritifs nécessaires au développement de ce végétal.

Mais elles en ont une autre non moins importante par rapport à la nature entière. Ce qu'elles absorbent en effet à l'air ambiant est un gaz très-délétère, nommé gaz *acide carbonique*, que les animaux y répandent continuellement dans la respiration; or, en purifiant ainsi l'atmosphère à laquelle elles rendent en échange un autre gaz nommé *oxygène*, et très-propre à l'acte respiratoire; elles contribuent puissamment à l'existence de tous les êtres animés.

Ce fait se constate par une expérience très-curieuse, qui consiste à placer sous un globe de verre un oiseau et un rosier. L'oiseau rend du gaz acide carbonique qui sert à nourrir la plante; et celle-ci rend de l'oxygène qui permet à l'oiseau de respirer. Si l'on enlève l'un ou l'autre, le rosier ou l'oiseau, celui qui restera périra bien vite; car si c'est la plante, elle ne trouvera plus de gaz acide carbonique pour se nourrir, et si c'est l'oiseau, l'excès de ce gaz le tuera.

On observe dans les feuilles de certaines plantes des phénomènes aussi merveilleux que ceux que nous avons indiqués en parlant des fleurs et des graines.

Ainsi, dans plusieurs légumineuses, elles se couchent sur la tige à la chute du jour, et paraissent se livrer au sommeil; d'autres sont en mouvement perpétuel depuis le lever de l'aurore jusqu'à la tombée de la nuit. Il en est quelques-unes dont la configuration est véritablement extraordinaire.

« Mais de toutes les plantes qui nous intéressent le plus par la singulière conformation de leurs feuilles et par les mouvements et l'irritabilité de ces organes, la Sensitive, appelée aussi Mimeuse pudique (*Mimosa pudica*), est celle qui frappe le plus et pour laquelle on éprouve, j'ose dire une véritable sympathie.

» Un courant d'air un peu fort, un nuage qui roule dans les cieux, un froid un peu vif, une chaleur trop intense, une étincelle électrique, enfin le moindre choc suffit pour causer à la Sensitive une impression telle, que ses feuilles se redressent et s'infléchissent brusquement sur leur tige comme si elles étaient complétement fanées. N'est-ce pas une image bien vraie de ces natures sensibles et délicates qui, au contact d'un agent grossier, ne savent que se concentrer en elles-mêmes, et, dans une attitude de souffrance, se mettre à la merci de celui qui les torture? Il me souvient que, me promenant un jour à cheval dans les forêts du Brésil, où la Sensitive croît en abondance, et passant près d'un buisson qui en était rempli, je m'amusai à frapper de ma cravache ces pauvres petites plantes que ma brutale distraction semblait rendre si malheureuses. En un instant toute la partie que j'avais longée offrit un aspect si désolant et si morne, que je fus réellement affligé du dégât dont j'étais la cause. Ce dégât du reste fut réparé bien vite, car repassant quelques minutes plus tard auprès de ce même buisson, je vis que toutes les Sensitives avaient repris leur attitude naturelle et ne présentaient plus aucune trace de ma récente cruauté. » (*Ouvrage cité.*)

Les feuilles ont une durée plus ou moins grande, suivant les végétaux où on les examine.

Elles sont : *caduques* dans les Cactus, c'est-à-dire tombant très-peu de temps après leur naissance ;

Décidues dans le Marronnier d'Inde, le Tilleul, etc., c'est-à-dire qu'elles tombent avant que des nouvelles viennent les remplacer ;

Persistantes dans les Pins, le Laurier-Cerise, etc.

« Quoique le phénomène de la chute des feuilles n'ait pas lieu à la même époque dans tous les végétaux, et qu'ordinairement ce soient ceux chez lesquels ces organes se sont développés le plus tôt qui en sont aussi les premiers dépourvus [1], nous joignons en général l'idée de la défoliation des arbres à celle de la saison où les frimas succèdent aux

---

[1] Le Sureau et le Frêne font exception à cette règle : chez le premier, les feuilles se montrent de bonne heure et tombent fort tard ; chez le second, au contraire, les feuilles, qui apparaissent vers le milieu du printemps, tombent aussitôt la fin de l'été.

beaux jours. C'est, à la vérité, en automne que presque toutes les plantes se dépouillent de leur verdure.

» Lorsque nous avons étudié les autres parties qui concourent à la formation d'un végétal, nous avons accepté leur déclin comme une loi commune à tous les êtres organisés, et malgré tout le regret que nous a causé la perte de ces jolies corolles aux parfums si suaves, nous nous en sommes presque consolés en découvrant sous elles le fruit dont elles avaient protégé la naissance. Mais, lorsque le tourbillon des tempêtes vient arracher aux rameaux leur parure flétrie, c'est avec une tristesse profonde que nous assistons à cette scène de dévastation générale. Où sont ces riantes pensées qu'avait fait naître en nous l'apparition des feuilles qui vont périr? Où sont ces ombrages tutélaires où chantait la fauvette et sous lesquels s'abritaient la science et la poésie? Le sol de nos vallées se couvre de leur dépouille; les beaux jours sont passés, la nature est en deuil! » (*Ouvrage cité.*)

STIPULES, VRILLES, AIGUILLONS, ÉPINES.

Tous ces organes sont des appendices des feuilles ou de la tige.

Les *stipules*, presque toujours au nombre de deux, sont placés de chaque côté du pétiole et servent à protéger la jeune feuille; ils sont ou *foliacés*, ou *écailleux*, ou *spinescents*, etc.

Les *vrilles*, *cirrhes* ou *mains*, qui ne sont que des organes arrêtés dans leur développement, servent à fixer les plantes grimpantes aux corps environnants.

Les *aiguillons* et les *épines* sont des excroissances qui proviennent, les premiers de l'écorce, et les secondes du corps ligneux.

DE LA NUTRITION.

On appelle ainsi l'ensemble des phénomènes qui ont trait à l'existence et à l'accroissement des végétaux.

Le principal agent de la nutrition est un liquide particulier que l'on nomme *sève*, et qui joue dans les plantes le même rôle à peu près que le sang dans les animaux.

Formée par les sucs assimilables que les racines absorbent dans la terre, la *sève*, en vertu d'une force qui lui est propre, s'élève dans les parties supérieures du végétal à deux époques de l'année, au printemps et au mois d'août. Parvenue dans les feuilles, elle y subit le contact du gaz acide carbonique attiré par ces organes ; puis, d'*ascendante* qu'elle était, elle devient *descendante*, c'est-à-dire qu'elle revient vers les racines en laissant sur son passage des principes qui fournissent à la plante des éléments nutritifs.

DES TISSUS ÉLÉMENTAIRES.

Tous les organes végétaux que nous venons d'examiner sont formés par deux seuls éléments ou tissus ; l'un appelé *cellulaire* ou *utriculaire*, l'autre *vasculaire* ou *tubulaire*.

Le *tissu cellulaire*, comparé fort justement aux vésicules qui produisent la mousse de savon, est abondamment répandu dans les parties molles des végétaux ; tandis que le *tissu vasculaire* en constitue les parties rigides.

Le premier, dont l'aspect anatomique est presque partout le même, n'a pas reçu de noms particuliers ; le second, au contraire, présente sept types principaux, dont voici les noms et les caractères :

1° Les *vaisseaux en chapelets*, qui sont de petits tubes rétrécis de distance en distance ;

2° Les *vaisseaux ponctués*, ainsi nommés parce qu'ils sont criblés de points opaques ;

3° Les *vaisseaux fendus*, ainsi désignés à cause des raies transversales dont leurs parois sont garnies ;

4° Les *vaisseaux mixtes*, qui participent des trois modifications ci-dessus ;

5° Les *tubes simples*, c'est-à-dire sans rétrécissements, sans points et sans raies transversales ;

6° Les *trachées*, que l'on ne peut mieux comparer qu'aux élastiques des bretelles et des jarretières ;

7° Les *vaisseaux propres* ou *réservoirs des sucs*, qui tirent leur nom des principes qu'ils renferment.

C'est en appréciant les formes et les fonctions des différents organes dont nous venons de faire l'exposé rapide que l'on est arrivé à *connaître*, à *distinguer* et à *classer* les végétaux, c'est-à-dire à les diviser en certains groupes appelés *classes*, que l'on a subdivisés eux-mêmes en *familles*, en *genres* et en *espèces*, ne contenant plus, ces dernières, que des *individus* et leurs *variétés*.

Les deux classifications en usage aujourd'hui sont celles de Linné et de M. de Jussieu. Nous renvoyons aux ouvrages spéciaux pour en étudier les bases, ainsi que pour connaître les caractères des familles de ce monde intéressant, qui, de même que le nôtre, a ses lois, ses mœurs et ses habitudes, mais qui, contrairement au nôtre, s'éloigne bien rarement des principes établis par le Créateur !

INTRODUCTION.

nfin j'ai franchi le seuil de votre palais splendide, charmantes créatures qui m'accordiez une hospitalité si douce quand je voyageais dans les lieux qui vous ont vues naître !

Je vais donc pouvoir me reposer encore sur vos frais et délicats pétales dont la beauté justifiait mon inconstance ! Je vais donc admirer de nouveau ce gracieux coloris et ce ravissant éclat dont je fus si longtemps idolâtre ! Je vais donc m'enivrer encore une fois de ces parfums délicieux qui jetaient mes sens dans un bien-être indicible !

Mais, hélas! ce ne sera plus comme autrefois avec cette ardeur juvénile qui me faisait affronter les périls les plus grands pour aller un instant effleurer vos corolles d'albâtre, ou d'émeraude, ou de saphir, ou d'or!

Le temps, le temps inflexible a rendu mes ailes moins légères; mes antennes ont un peu perdu de leur sensibilité tactile; la lumière ne traverse plus aussi bien ce prisme aux mille facettes par lequel je voyais la nature si séduisante et si belle! Mais du moins il me reste assez de mémoire pour évoquer le riant souvenir de ces beaux jours perdus où, voltigeant de l'une à l'autre, je tâchais de réparer mes trahisons nombreuses en inventant pour chacune de nouvelles marques d'amour. Et si vous ne retrouvez plus en moi le brillant ingrat dont les baisers coûtaient autant de larmes, vous y verrez un bon ami fier de chanter vos grâces et vos louanges en rappelant un passé qu'il regrette et en bénissant de toute son âme un présent sur lequel il ne comptait déjà plus!

Vous comprendrez, adorables créatures, l'étonnement et l'émotion que j'éprouve en pénétrant dans ce merveilleux sanctuaire, et vous me permettrez bien de me recueillir une minute pour m'assurer que ce n'est point un rêve.

Tout à l'heure, engourdi par le froid, je voletais péniblement d'arbre en arbre, m'accrochant à leurs rameaux glacés pour résister anx rafales d'un aquilon cruel ; des flocons de neige me frappaient le visage, et sur le sol gercé je ne distinguais pas le plus petit brin d'herbe affrontant la tempête. Tout change en un clin d'œil ; une bienfaisante chaleur m'échauffe et me ranime ; une atmosphère douce et parfumée remplace la tourmente, et, de tous les côtés, je vois, l'âme ravie, naître à profusion la verdure et les fleurs.

Où suis-je, enfin ? Est-ce au Brésil ? Est-ce en Chine ? Est-ce au Pérou ? Quels sont ces gracieux bosquets où j'aperçois réunies les plus remarqua-

4.

bles indigènes de ces belles régions ? Quelle est cette jolie cascade au murmure enchanteur, et que je vois là-bas au fond de la vallée ? Quels sont ces mystérieux berceaux qui déjà sans doute ont recueilli les soupirs de quelque gentille enfant ? Quelles sont ces voûtes majestueuses et diaphanes

qui, formant au froid une impénétrable barrière, ne se laissent traverser que par les rayons du soleil ? Quelles sont ces galeries grandioses et cependant coquettes d'où je vois s'échapper des gerbes de rameaux fleuris ? Oh ! dites-moi que ce n'est point une illusion trompeuse ; dites-moi que ce n'est point un vain songe ; dites-moi que pour me punir de mon ingratitude et de mes frivolités un dieu vengeur ne me présente pas un mirage éphémère qui va bientôt disparaître pour me laisser au cœur un regret éternel. Dites-moi, nymphes chéries, que je puis, sans avoir peur de détruire le prestige, toucher et des yeux et des lèvres les visages charmants qui peuplent ce séjour !

J'ai pris mon vol, et je suis dans l'enceinte qui sert de vestibule à votre ravissant boudoir.

Encore un pas, et je suis au milieu de vous !

Mais qu'aperçois-je à ma gauche ? Pourquoi donc quelques-unes d'entre vous sont-elles sépa-

rées de leurs sœurs et rangées avec symétrie sur des gradins ? Pourquoi leurs pieds mignons sont-ils emprisonnés dans un vase étroit? Pourquoi leur taille élégante est-elle en partie cachée par un linceul qui la dérobe aux regards? Pourquoi?... Grands dieux! qu'ai-je vu? Malheureuses! on vous a mis au front une étiquette! pauvres reines, vous n'êtes plus que des esclaves!

Dans peu d'instants un maître barbare et grossier viendra, moyennant un peu d'or, vous ravir à vos compagnes. Ses doigts trapus et rudes froisseront vos membres délicats; ses regards impudiques vous feront rougir de honte; son haleine impure déflorera votre sein virginal; et quand l'infâme vous aura reconnu les charmes qu'il recherche, il vous marchandera sans pudeur!

Ce n'est pas tout; une fois que vous serez devenues la proie, la propriété, la *chose* enfin de ce tyran farouche, il vous faudra subir ses caprices et vous soumettre en tout à sa volonté brutale, jusqu'à ce qu'enfin, las de vous avoir et désirant vous changer pour une autre, il lui prenne la fantaisie de vous laisser mourir dans un coin de son bouge!

Oh! non, non, ce ne doit pas être le sort qui vous attend.

Si, par une insatiable cupidité, l'on fait de vous un objet vénal, Dieu veille à ce que vous ayez une destinée moins horrible.

Ne vous alarmez donc pas avant qu'il en soit
temps. Qui sait? peut-être ce soir aurez-vous la
meilleure place dans la chambre d'une candide
enfant qui vous prodiguera tous les soins imagi-
nables, et qui, vous regardant comme une amie,
voudra vous associer à ses pensées les plus se-
crètes. Que de naïves confidences vous recevrez
alors! Que de douces larmes humecteront vos
corolles! Que de jolis projets vous seront confiés!

Dans ce cas partez, partez sans défiance, et ne
regrettez plus l'oasis; mais, avant qu'on ne vous
enlève, laissez-moi vous offrir à vous les premières
ce tribut d'amour et de reconnaissance que je suis
venu déposer ici.

Quand tu n'aurais pas été sur le premier rang,
c'est par toi que j'aurais commencé, ma belle
AzaLÉA [1], toi dont la parente (l'*Azalea pontica*)

[1] Ce genre de plantes appartient à la tribu des
Rhodacées de la famille des Éricacées. Voici quels

était ma fleur préférée, quand j'errais sur les bords de la mer Noire, dans la Colchide et dans la Mingrélie.

Pauvre *Azalea Pontica!* comme les savants l'ont calomniée ! Oh ! s'ils avaient été pour un instant à ma place, s'ils avaient pu savourer les trésors que renfermait son beau calice, s'ils avaient

sont ses caractères botaniques : fleurs blanches, jaunes, rouges ou panachées, et entourées de bractées scarieuses; ovaire à cinq loges contenant chacune plusieurs ovules; style filiforme et renflé vers le sommet; stigmate en forme de disque ; cinq étamines hypogynes à filets très-déliés et anthères elliptiques et échancrées ; corolle monosépale en forme de coupe et à cinq divisions profondément découpées ; calice à cinq dents ; le fruit est une capsule s'ouvrant par cinq valves et contenant de très-petites graines ; tige herbacée ou ligneuse ; feuilles éparses, ciliées, subpersistantes ou non persistantes.

Les principales espèces d'Azalées sont :

1° L'AZALÉE NUDIFLORE (*Azalea nudiflora*);

2° L'AZALÉE VISQUEUSE (*A. viscosa*) ;

3° L'AZALÉE PONTIQUE (*A. pontica*);

4° L'AZALÉE DE L'INDE (*A. Indica*);

5° L'AZALÉE DES ALPES (*A. procumbens*);

6° L'AZALÉE DES MONTAGNES DE LAPONIE (*A. Laponica*).

Toutes ces espèces fournissent un très-grand nombre de variétés. (Voir le catalogue du Jardin d'Hiver.)

pu..... bien certainement ils ne l'eussent point accusée d'être une empoisonneuse. Mais les savants sont sujets à des méprises. Tournefort avait le malheur de ne pas être un papillon [1] !

En respirant ta fraîche haleine, ma belle Azaléa, je sens de doux transports agiter tout mon être. Posséderais-tu donc quelques-unes des propriétés enivrantes de l'Azalée Pontique ? Serais-tu capable aussi de causer des vertiges dont il est prudent de se méfier ?

Dans ce cas, ma toute belle, ménage au moins la susceptibilité nerveuse de cette naïve enfant que je vois se diriger vers toi ; n'abuse pas de sa

[1] Pline, dans son *Histoire naturelle*, parle d'une certaine plante qu'il nomme *Ægolethron*, et dont les fleurs rendent pernicieux le miel des abeilles qui pompent leurs calices. C'est à ce miel malfaisant que l'on a généralement attribué le dérangement momentané dont souffrit l'armée des Dix mille pendant son séjour à Trébisonde, et Tournefort a pensé que l'Ægolethron de Pline n'était autre chose que l'*Azalea pontica*. Mais Tournefort est probablement dans l'erreur ; car, au dire de Pline, l'Ægolethron est une herbe, tandis que l'Azalée pontique est un arbrisseau d'une assez forte dimension. Il faut pourtant avouer que l'*Azalea pontica* n'est pas complétement inoffensive ; mais, comme elle ne cause pas d'effets bien notablement délétères, on peut pardonner au papillon son attaque contre Tournefort.

confiance ; et si par hasard, aveuglée par son affection, elle voulait, durant son sommeil, te laisser à côté de sa couche, dis-lui que bien souvent
au milieu des ténèbres il y a du péril à respirer
les fleurs [1].

[1] L'Azalée est en effet une plante qu'il ne faudrait pas garder la nuit dans une chambre à cou-
cher.

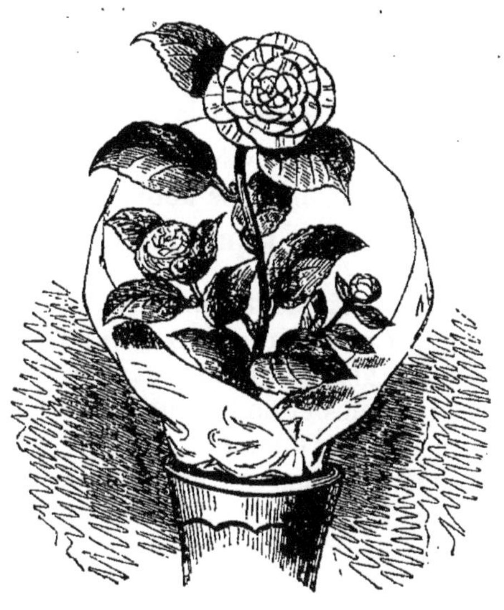

CAMELLIA.

Quoique tu n'aies pas encore tout à fait atteint les majestueuses proportions de ton illustre ancêtre, mon noble Camellia, ton aspect et ton port me rappellent ce magnifique *Camellia Tsubakki* dont les Japonais entourent leurs coquettes habitations, et sur les rameaux duquel je me suis bien des fois arrêté pour contempler ses beaux pétales rouge-vif, ou pour écouter la causerie charmante de deux jeunes amants assis sous son ombrage [1].

A cette époque, il ne se doutait pas de la rapidité prodigieuse avec laquelle sa famille se propa-

[1] Le genre Camellia appartient à la famille des Ternstrœmiacées. Voici quels sont les caractères botaniques de ce genre : grandes et belles fleurs axillaires et terminales et de colorations variées ; ovaire supère ; un style terminé par trois ou quatre stigmates ; étamines nombreuses réunies en un seul faisceau et qui, par la culture, se changent souvent en pétales ; calice à cinq divisions et garni inférieurement d'écailles imbriquées ; le fruit est une capsule pyriforme contenant trois loges renfermant chacune une graine ; tige ligneuse ; feuilles alternes entières, pointues et luisantes.

Les principales espèces de ce genre sont :

1º Le CAMELLIA TSUBAKKI (*Camellia Japonica*), dont les fleurs sont rouges et inodores, les feuilles ovales, vertes en dessus et jaunâtres inférieurement ;

2º Le CAMELLIA THÉ ou CAMELLIA A FEUILLES ÉTROITES (*Camellia sasangua*) ; ses fleurs sont blanches et odorantes ; ses feuilles obtuses et étroites, ainsi que son nom l'indique.

C'est de ces deux espèces que les horticulteurs ont obtenu, par des semis, les nombreuses variétés que nous possédons aujourd'hui, et que l'on multiplie par boutures, par marcottes ou par greffe.

gerait en Europe ; et quand le bon père Kamel lui fit traverser les mers, il y a de cela plus d'un siècle [1], le vénérable missionnaire ne se doutait peut-être pas non plus de l'empressement que les gracieuses Françaises, les aimables Russes, les langoureuses Allemandes, les tendres Anglaises, les vives Espagnoles et les ombrageuses Italiennes mettraient à adopter pour leur parure ces somptueuses cocardes, qui, revêtant mille nuances diverses, selon le caprice ou le génie de l'horticulteur, rehaussent si puissamment l'éclat d'une longue chevelure, quelle qu'en soit la teinte.

A propos de chevelure, je me souviens qu'un soir, m'étant introduit.... par mégarde dans la chambre d'une fort jolie Japonaise, qui, ne m'ayant pas aperçu, ferma sa fenêtre et me retint prisonnier, je surpris un petit secret de toilette dont le Camellia faisait les principaux frais, et que quelques femmes seraient peut-être bien aises de connaître.

Cette jeune fille, qui certainement se croyait bien seule, et qui d'ailleurs ne se serait pas gênée avec moi.... avec moi, pauvre insecte sans conséquence, prit dans une petite boîte une pincée de

---

[1] Ce fut en 1739 que le père Kamel, moine allemand établi dans l'île de Luçon (îles Philippines), fit passer en Europe le premier pied de Camellia.

5.

pétales de Camellia, qui répandaient dans l'air les plus délicieux parfums[1], et, les ayant fait bouillir dans l'eau durant à peu près dix minutes, elle imbiba de cette décoction ses beaux cheveux noirs, qu'elle tressa presque aussitôt et qu'elle enveloppa d'un foulard de soie.

Je ne sais pas au juste si c'est à cette petite manipulation qu'elle était redevable de la longueur et du soyeux de sa chevelure, mais j'ai souvent observé là-bas que les femmes, remarquables par le soin qu'elles prenaient d'elles, l'étaient aussi par la beauté de cette production naturelle, qui composait toute la garde-robe de la mère du genre humain.

C'est avec bien du plaisir, gentil Camellia, que je vois les variétés de ton espèce se multiplier à l'infini sur le sol de l'Europe. Ces variétés font le plus grand honneur à ceux qui s'occupent de ta culture. Mais, juste ciel ! pourquoi ces noms communs ou barbares qu'une basse adulation ou que la cupidité t'appliquent ? ce sera, je le prédis, la cause de ta décadence.

Le prestige du nom n'a pas une moins grande influence sur la destinée des fleurs que sur celle des hommes. Oserait-on avouer qu'on a sur la tête un *Camellia Striped* ou un *Drouard-Gouillon ?*

[1] Le *Camellia sasangua.*

CYCLAMEN.

Pourquoi donc, mon petit *Cyclamen*[1], te ca-
ches-tu derrière les autres et sembles-tu vouloir
éviter ma présence ?

[1] Ce genre appartient à la famille des Primulacées. Voici quels sont ses caractères : fleurs blanches, roses, violettes ou purpurines ; un pistil ; cinq

As-tu peur que je ne dévoile ici les propriétés que tu possèdes, et dont on ne se douterait guère en voyant ta taille si mignonne et si coquette, ainsi que tes jolies fleurs semblables à la couronne d'une duchesse ?

Peu t'importe que je dise en passant que le suc de ta racine exerce sur l'homme une certaine influence dont les médecins Purgon ont voulu tirer parti dans le traitement de la saburre. Ce que tu as du reste empêché, vilain, en décuplant parfois ton action et en déterminant des accidents funestes.

étamines attachées à la base du tube de la corolle, qui offre cinq divisions relevées en l'air ; calice également à cinq divisions ; le fruit est une capsule s'ouvrant en cinq valves et contenant plusieurs graines ; la racine est un tubercule arrondi noirâtre extérieurement ; hampes grêles roulées en spirales ; feuilles en forme de cœur et longuement pétiolées.

Les principales espèces sont :

1° Le CYCLAME D'EUROPE (*Cyclamen Europœum*), vulgairement appelé *pain de pourceau*, qui croît dans les bois et sur les montagnes ; ses feuilles sont tachetées de blanc en dessus et rougeâtres inférieurement ; il fleurit en septembre et octobre ;

2° Le CYCLAME A FEUILLES DE LIERRE (*Cyclamen hederœfolium*) ; ses feuilles sont anguleuses et dentées ; on le rencontre principalement en Italie ;

3° Le CYCLAME DES INDES (*Cyclamen Indicum*),

Était-ce cette révélation que tu craignais? Ah! dame! que veux-tu? Les hommes, les papillons et les fleurs n'ont pas toujours des facultés et des attributs marqués d'un cachet poétique, et nous sommes obligés de subir les conséquences du rôle que le Créateur nous a dévolu.

D'ailleurs tu n'as pas à te plaindre; et, sans revenir sur ta tournure élégante, n'as-tu pas le privilége d'épanouir tes jolies fleurs aristocratiques lorsque la plupart des autres plantes sont plongées dans le sommeil hivernal; et n'es-tu pas alors avi-

dont les divisions de la corolle ne sont pas relevées en l'air; il existe en abondance dans l'île de Ceylan;

4° Le CYCLAME LINÉAIRE (*Cyclamen linearifolium*), si remarquable par ses longues feuilles étroites. Il croît principalement en Orient; mais on a constaté, dans la Flore française, qu'Olivier l'avait découvert dans les bois nommés les Séouves, entre les Arcs et Draguignan.

Les Cyclames se multiplient par graines ou par la division des gros tubercules. Si c'est le semis que l'on adopte, il faut le faire aussitôt la maturité des graines, qui donnent des tubercules que l'on repique séparément l'année suivante, et qui fournissent des fleurs au bout de deux ou trois ans. Si l'on préfère la multiplication par la division des tubercules, ce qui est beaucoup plus prompt, il faut prendre garde à ce que chaque division ou patte soit pourvue d'un œil. Cette dernière opération se pratique dès que la plante a perdu ses feuilles.

dement recherché par les jeunes filles, toujours désireuses d'associer à leur parure les premières productions des bosquets et des prairies ?

Avais-tu peur aussi que je ne me souvinsse que les sauvages de la Barbarie se servent du suc de l'une des plantes de ta famille pour empoisonner leurs flèches ?

Console-toi, cette propriété destructive ne te fera pas rejeter comme tu le penses ; les hommes aiment ce qui leur ressemble, et l'un d'eux n'a pas craint d'avouer et d'écrire que l'on était souvent plus recherché pour ses défauts que pour ses qualités.

Je t'en donnerai pour preuve un petit épisode dont je fus témoin un jour dans l'île de Ceylan.

J'arrivais sur ce pic majestueux qui fait l'admiration des voyageurs [1], quand tout à coup des pas précipités se font entendre : je me retourne, et je vois deux jeunes amants qui se tenant par la main gravissaient précipitamment la montagne.

« Courage, Zaline ! courage ! disait le jeune homme, qui portait un carquois sur l'épaule et un arc dans la main gauche, courage, nous échapperons au tyran qui voulait t'enlever à mon amour ! »

[1] Le pic Adam.

La jeune fille, dont les pieds étaient déchirés par les ronces et qui laissait des traces de sang derrière elle, faisait des efforts surhumains pour ne pas succomber à sa fatigue.

Ils parvinrent au sommet de la montagne.

« Nous sommes sauvés ! s'écria Zaline en se laissant choir au pied d'un arbre ; Brahma nous a protégés ! »

Le jeune homme mit un doigt sur sa bouche, et, prêtant l'oreille à des bruits qui venaient du bas de la montagne, il embrassa de son regard sombre les vallons d'alentour.

« Non ! murmura-t-il ensuite en grinçant les dents et en serrant convulsivement son arc, non ! nous ne sommes pas sauvés encore ; ils nous suivent ; dans peu d'instants ils seront ici ; mes flèches les blesseront peut-être, mais ne les empêcheront pas d'avancer ; fuyons plus loin, Zaline, ou nous sommes perdus. »

La pauvre jeune fille essaya de se relever, mais ses forces étaient à bout, et tendant la main à son amant :

« Fuis tout seul, Iago, lui dit-elle, fuis, ils ne m'auront pas vivante.

— T'abandonner ! lui répondit Iago, t'abandonner !... Plutôt mille tortures !

— Eh bien, que faire alors ?

— Mourir ici tous deux. »

En disant cela, Iago s'agenouilla près de Zaline, et se tenant embrassés ils s'apprêtaient à braver le martyre.

Mais le jeune homme vient d'apercevoir une petite plante qui dressait fièrement son visage à quelques pas de lui.

Il se lève — y court — l'arrache — en dépose les fleurs sur le sein de Zaline, et frotte vivement avec la racine les flèches de son carquois.

« Qu'ils viennent maintenant, cria-t-il, qu'ils viennent! ce sont eux qui vont mourir. »

Une quinzaine d'hommes paraissent presque aussitôt; le roi de la tribu les commande.

Le combat s'engage : tous les coups d'Iago sont mortels; et quand son carquois se trouve vide, il n'a plus d'ennemis à combattre; le roi lui-même a mordu la poussière!

Peu de jours après, Iago, que chacun aimait dans la contrée, montait sur le trône : Zaline était reine, et depuis ce temps l'écho du voisinage a souvent répété cette chanson naïve, qu'un poète du lieu composa sur-le-champ :

> Vois-tu dans la vallée
> Ces lâches agresseurs
> Qui, l'âme boursouflée
> De rage et de noirceurs,

Portent déjà la flamme
Au bûcher.... Mort à tous !
J'ai trouvé le Cyclame ;
Ils subiront mes coups.

Sur ton beau front, Zaline,
Attache cette fleur.
Le suc de sa racine
Sera notre vengeur ;
Sa corolle est l'emblème
Du plus illustre sort.
A nous le diadème !
A ces bandits.... la mort !

Ta racine, à toi, mon petit *Cyclamen*, n'a point une action si prononcée. Tant pis, peut-être ; car dans ce cas elle ne serait point un mets si délicat pour les animaux immondes, et le vulgaire ne te désignerait pas sous l'ignoble nom de *Pain de pourceau !*

JACINTHE.

En quelques points du globe que j'aie dirigé mon vol, ô ma belle orientale, j'ai toujours eu le doux plaisir de te voir, occupant au milieu de tes compagnes un des rangs les plus distingués ; et tant que mon cœur a brûlé des feux de la jeunesse, je n'ai jamais manqué, tu t'en souviens sans doute, d'aller te prodiguer mes baisers amoureux, négligeant d'autres fleurs qui cherchaient sur la route à fasciner mes yeux !

Que ceux qui se blasent facilement sur les jouissances les plus vives te préfèrent de nouvelles reines dont l'éclat passager ne doit briller qu'un jour ! Pour moi, mon aimable Jacinthe [1], tu seras

[1] Les Jacinthes appartiennent à la famille des Liliacées. Voici leurs caractères génériques : fleurs de colorations variées et disposées en épis ; ovaire à trois loges, contenant chacune huit ovules placés sur deux rangées longitudinales ; style triangulaire ; stigmate à trois loges ; six étamines à filets trèscourts insérés sur le tube du périanthe, qui est simple et en forme de cloche ; le fruit est une capsule ; la racine est bulbeuse ; la hampe simple ; les feuilles toutes radicales.

Les deux principales espèces sont :

1º La JACINTHE D'ORIENT, que l'on nomme aussi JACINTHE DES JARDINS ;

2º La JACINTHE DES BOIS.

La multiplication de ces fleurs se fait par les graines ou par les caïeux.

Les graines se récoltent lorsque les capsules commencent à jaunir ; on les laisse alors sécher à l'ombre pendant une quinzaine de jours, et on les sème vers le mois de septembre dans une terre légère, en ayant le soin de les enfoncer de 2 ou 3 centimètres ; tous

sans cesse une beauté neuve, et j'aimerai toujours mieux tes petites clochettes aux lèvres parfumées que les diamants et les perles que nous fournit ton pays !

Mais, hélas ! je crains bien qu'il y ait ici peu de gens pour partager mon enthousiasme : le Français est volage, inconstant et léger; le changement lui plaît, et la fleur la plus belle ne saurait pour longtemps l'attacher à son char.

J'en vois beaucoup, à la vérité, qui s'empressent à te prodiguer leurs soins et leurs hommages, j'en ai souvent aperçus t'associer à ces heureux épisodes qui datent dans la vie; mais je n'observe point chez eux ce fol amour que l'on a pour tes sœurs dans une autre contrée.

Dans toute la Hollande, mais principalement à Harlem, de quelles attentions délicates ne sont-

les ans on les recouvre d'une nouvelle couche de terre épaisse de 4 à 5 centimètres, et la troisième année l'on a des caïeux qui donneront des fleurs.

La culture de ces caïeux est la même que celle des caïeux obtenus d'anciennes Jacinthes; c'est-à-dire qu'on les met en terre à la fin du mois de septembre ou dans les premiers jours du mois d'octobre, en prenant la précaution de les abriter avec des paillassons durant les fortes gelées. Les fleurs s'épanouissent au mois de mars, et les ognons sont retirés de terre aussitôt après la floraison.

elles pas l'objet? Ce n'est point à des mains ser-
viles que leur existence est confiée; ce ne sont
point des impies qui sont chargés de leur baptême;
non : quand l'une d'elles vient au monde, des
comités sont établis pour examiner en détail les
qualités qui la distinguent; on discute longuement
sur le rang auquel elle doit appartenir, d'après sa
couleur, son élégance ou sa forme, et l'on décerne
aux horticulteurs des encouragements ou des ré-
compenses, selon le mérite de leur *conquête*[1].

Cette cérémonie, qui se renouvelle très-fré-
quemment, me causa jadis une émotion profonde.

J'habitais à cette époque les environs d'Harlem;
et comme j'avais remarqué que depuis plusieurs
jours le zéphyr se dirigeait toujours du même
côté, je suivis sa trace, et je le vis suspendre son
haleine auprès d'une fleur à peine éclose qui
croissait dans une serre, au milieu des Orangers,
des Camellias et des Nujats.

Cette jeune et tendre fleur était une Jacinthe,
mais si belle, si belle !... que je ressentis aussitôt
dans mon âme toutes les angoisses de la jalousie,
— de la jalousie : ce sentiment que l'on ne dé-
finit pas, que l'on explique si mal, et qui souvent,

---

[1] C'est ainsi que les horticulteurs nomment les
variétés nouvelles.

sàns cause raisonnable, nous fait souffrir aux cieux les tourments de l'enfer.

Heureusement pour moi que les Jacinthes connaissent instinctivement leur origine, et qu'elles ont le zéphyr en horreur [1]. Mon dangereux rival perdit cette fois sa peine, et il se retira tout confus cacher son dépit dans les bois. — Pendant ce temps, la naïve créature prenait en pitié mes larmes et mon amour, et ce fut moi qui, cueillant un baiser sur ses lèvres humides, fis rougir le premier son beau front virginal.

Je l'aimais, ou du moins je croyais l'aimer véritablement, et je faisais même des vœux pour que mes ailes se brûlassent au flambeau de l'Hyménée.

Enfin, un jour que j'étais allé m'acquitter près

[1] Suivant la Fable, cette fleur serait née du sang du jeune Hyacinthe, qui, jouant avec Apollon, aurait été tué par un palet que Zéphire jaloux dirigea sur sa tête, version qui nous a valu ces jolis vers de M. de Parny :

> Dans la Jacinthe un bel enfant respire :
> J'y reconnais le fils de Piérus ;
> Il cherche encor les regards de Phébus,
> Il craint encor le souffle du zéphire.

En adoptant cette métamorphose, la Jacinthe appartiendrait au genre masculin; le papillon paraît d'un avis contraire. Je n'ai pas de raisons pour approuver ou contredire.

d'un saule d'un important message, en revenant à la serre..... je ne retrouve plus ma Jacinthe chérie !

Inquiet, je la demande aux arbustes voisins; je l'appelle... et l'écho répond seul à mes cris !

Le cœur brisé de sanglots, je m'élance hors de la serre, cherchant un indice qui pût me la faire découvrir. Je vole au hasard, explorant les lieux qui s'offrent sur mon passage; mais c'est en vain que je bats l'air de mes ailes, c'est en vain que j'explore les endroits les plus reculés du parterre, c'est en vain que je renouvelle mes plaintes; ma douleur et mes efforts sont superflus !

Au comble du désespoir, et sans me rendre compte du pressentiment qui me dirigeait, je prends mon essor du côté de la ville.

A peine avais-je atteint les faubourgs, que mon odorat est frappé d'un parfum des plus suaves. Je suis à travers les rues le sillon odorant que ma Jacinthe a laissé sur son passage, et j'arrive sous le péristyle d'un monument où plusieurs hommes devisaient entre eux.

Il était question de mon amante.

Risquant la mort ou la captivité, je m'introduis dans une vaste pièce remplie par une foule d'il-lustres personnages, et sur le bureau de celui qui préside j'aperçois... ma Jacinthe !

Qu'allait-on lui faire? Avait-on surpris notre amour, et voulait-on la punir d'avoir prêté l'oreille aux accents de son cœur? — J'écoute. — On discutait sur ses qualités et ses défauts : ses qualités que je connaissais mieux qu'eux; ses défauts... elle n'en avait pas !

De plus en plus attentif, j'entends qu'il s'agissait de lui donner un nom. Je sentis un frisson glacial me parcourir le corps. Comment allait-on l'appeler, celle que mon amour avait si divinement poétisée? Oh ! si l'on eût pris mon conseil !

J'étais un peu rassuré par le soin qu'on avait eu jusque-là de donner aux Jacinthes un de ces noms gracieux ou beaux que l'on aime à voir à celle que l'on aime. Je me rappelais la *Belle Gabrielle*, la *Triomphe de Flore*, la *Bleu Céleste*, la *Dauphin de France*, la *Belle Hélène*, l'*Astre du Monde*, la *Pourpre impériale*, l'*Aimable Blanche*, la *Roi des Bleus*, la *Louis-le-Grand*, la *François I*er, la *Prince Eugène*, la *Comble de Gloire*, la *Minerve*, l'*Étendard jaune*, etc., etc.; mais le catalogue n'était-il pas épuisé? et d'ailleurs, reconnaîtrait-on le mérite de celle qui m'intéressait tant ?

Enfin le président se lève, un nom charmant sort de sa bouche; l'assemblée l'accepte avec enthousiasme, et ma Jacinthe s'appellera désormais la *Diane d'Éphèse !*

Transporté de joie, je retourne à la serre où je croyais qu'elle allait revenir. Mais, hélas ! après avoir attendu trois jours, je finis par comprendre que lorsqu'on possède une beauté ravissante accompagnée d'un nom illustre, le monde vous réclame et vous fait oublier bien vite les charmes d'une obscure intimité.

Je quittai peu de temps après la Hollande, fort peiné d'avoir perdu ma belle Diane, mais aussi fort heureux de n'avoir pas le destin d'Actéon !

Avant d'aller causer avec une autre fleur, ô ma gentille amie, je rappellerai que le savant Homère raconte que tu fus présente à l'entrevue de Jupiter et de Junon, sur le mont Ida. Si je rapporte ce fait, c'est plutôt pour constater ta haute antiquité que pour montrer comme exemple que les dieux t'associaient à leurs doux mystères ; car, de nos jours, cette faveur t'est généralement accordée.

Hier au soir, entre autres, en traversant la cour d'un hôtel du noble faubourg, j'aperçus par la fente des volets une grande et jolie dame, entourée d'un bosquet de Jacinthes ; elle était aussi belle que Junon ; et si je n'ai pas vu Jupiter, qui sait ? peut-être n'était-il pas loin !

MÉTROSIDÉROS.

Ne pouvant pas atteindre, dans nos climats tempérés, malgré tous les soins qu'on te prodigue, la

¹ Le genre *Metrosideros* appartient à la famille des
Myrtées ou *Myrtacées*. Voici ses caractères : fleurs
jaune-soufre, écarlate ou blanc mat, disposées en

taille élégante à laquelle tu parviens dans les îles de la Nouvelle-Hollande, tu ne captives pas l'attention au premier abord, mon gentil Métrosidéros ; et c'est à peine si tes petites aigrettes ont de temps en temps l'avantage de figurer parmi les

aigrettes terminales ; un pistil dont l'ovaire est infère et soudé avec le calice ; étamines nombreuses et à filets libres ; corolle à cinq pétales insérés sur le calice, qui est à cinq lobes et en forme de coupe ; le fruit est une capsule à trois ou quatre loges contenant plusieurs graines ; tige rameuse ; feuilles persistantes, opposées ou alternes.

Les principales espèces sont :

1º Le MÉTROSIDÉROS A FLEURS NOMBREUSES (*Metrosideros floribunda*) ;

2º Le MÉTROSIDÉROS A OMBELLES (*M. umbellata*) ;

3º Le MÉTROSIDÉROS A FEUILLES ÉTROITES (*M. angustifolia*) ;

4º Le MÉTROSIDÉROS A FLEURS AGGLOMÉRÉES (*M. glomulifera*) ;

5º Le MÉTROSIDÉROS A PANACHES (*M. lophanta*) :

6º Le MÉTROSIDÉROS A FEUILLES LANCÉOLÉES (*M. lanceolata*) ;

7º Le MÉTROSIDÉROS A FEUILLES DE CORIS (*M. corifolia*) ;

8º Le MÉTROSIDÉROS CILIÉ (*M. ciliata*) ;

9º Le MÉTROSIDÉROS A FEUILLES LINÉAIRES (*M. linearis*) ;

10º Le MÉTROSIDÉROS A FEUILLES DE PIN (*M. pinifolia*).

plantes recherchées pour les boudoirs ou de briller sur la tête des belles.

Mais si l'on se reporte aux souvenirs que tu rappelles, si ta vue remet en mémoire les noms célèbres de Forster, Cook, Solander, Banks, Brown et Labillardière, ces intrépides navigateurs, qui t'ont rapporté de leurs pénibles excursions dans l'Australie, c'est avec un profond sentiment de reconnaissance que l'on s'arrêtera devant toi quelques instants.

D'ailleurs, n'es-tu pas originaire de cette baie délicieuse où les fleurs naissent avec autant de profusion qu'elles durent naître dans le Paradis terrestre, quand la première de ces angéliques créatures qu'on appelle femmes y fit son entrée ?

N'es-tu pas, en outre, de cette famille charmante où les guerriers vont prendre leur couronne, les poètes leur inspiration et la beauté ses parfums ?

N'as-tu pas aussi la précieuse qualité de conserver perpétuellement ta verdure ?

A tous ces titres, qui pourraient te mériter d'être l'emblème de la reconnaissance, de la noblesse, de la grâce, de l'amour, du courage et de la constance, tu me parais avoir le droit de réclamer une place que l'on t'accorderait plus vite si l'on te connaissait mieux.

ÉPACRIDE[1].

C'est également aux îles de l'Australie que les Européens sont redevables de ta conquête, ma gracieuse Epacris.

[1] Genre de la famille des Épacridées. Caractères généraux : fleurs à colorations variées formant de

Il n'y a même pas longtemps que tu as abandonné ton pays natal ; car c'est, je crois, en 1803 que je t'ai vue pour la première fois en Angleterre, où tu faisais alors l'admiration de tous les amateurs [1].

De même que le Métrosideros, avec qui je causais à l'instant, tu es encore une de ces plantes qu'on ne peut voir sans songer aux malheureux qui perdirent la vie en allant porter la civilisation au sein de ces contrées barbares où les appétits matériels servaient seuls de guides.

Si tu étais au monde à cette époque, ou si tu

longs épis terminaux ; un pistil ; cinq étamines ; corolle en forme d'entonnoir ; calice à cinq divisions colorées ; capsule à 5 loges contenant plusieurs graines ; tige ramifiée ; feuilles linéaires, aiguës, éparses, et souvent imbriquées les unes sur les autres.

Les principales espèces sont :

1° L'ÉPACRIDE ROUGEATRE (*Epacris purpurescens*) ;

2° L'ÉPACRIDE ÉLÉGANTE (*E. pulchella*) ;

3° L'ÉPACRIDE A LONGUES FLEURS (*E. longiflora*) ;

4° L'ÉPACRIDE PIQUANTE (*E. pungens*) ;

5° L'ÉPACRIDE A GRANDES FLEURS (*E. grandiflora*).

Toutes épanouissent leurs fleurs depuis le printemps jusqu'à la fin de l'été. On les multiplie de graines et de marcottes.

[1] Nous ne l'avons eue en France que trois années plus tard.

en as eu connaissance, raconte à ceux qui te pos-
séderont les tristes détails de la mort de l'infor-
tuné capitaine Marion, qui servit de pâture à ces
cannibales, ainsi que deux de ses officiers, les
jeunes Le Houx et de Vaudricourt. Dis-leur si
l'infâme Tekouri n'a pas été puni par le ciel de
sa lâche trahison. Dis-leur la triste condition de
ces pauvres Zélandaises, qui, condamnées par
leurs grossiers époux aux travaux les plus pénibles, perdent bientôt ainsi les plus ravissants attributs de leur sexe, dont elles ne conservent que
la pudeur [1]. Enfin applaudis-toi d'avoir été reçue
dans ce délicieux sérail, où tu peux espérer d'être
choisie par quelques-unes des jolies promeneuses
qui viennent ici disputer avec vous d'attraits et de
fraîcheur !

[1] « Ayant débarqué un jour, dit Cook, sur une
petite île de la baie Tologa, nous surprîmes plusieurs
Zélandaises occupées à pêcher des écrevisses. A notre
vue elles parurent pleines de confusion et de regret :
les unes se cachèrent parmi les rochers, et le reste se
tapit dans la mer jusqu'à ce qu'elles se fussent fait
une ceinture et un tablier des herbes marines qu'elles
purent trouver. Lorsqu'elles en sortirent, nous re-
marquâmes que, malgré ces précautions, leur mo-
destie souffrait beaucoup de notre présence. »

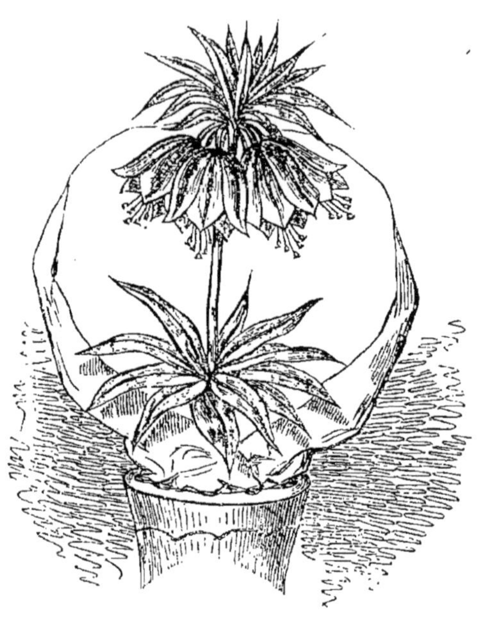

FRITILLAIRE IMPÉRIALE[1].

J'avouerai si l'on veut, grande et noble impératrice, que votre diadème d'or, lavé de pourpre,

[1] Ce genre appartient à la famille des Liliacées. Voici ses caractères botaniques : fleurs pendantes,

était digne de servir d'emblème à ce conquérant fameux qui marchait le front haut sur les lis abattus.

Mais, ce que je contesterai toujours, c'est le rang que l'on a voulu vous donner dans les États de Flore.

Vous reine ! allons donc ! Est-ce assez de l'éclat pour ceindre une couronne, et ne faut-il donc pas d'autres titres encore pour porter ce beau jouet d'or que le peuple à son gré, de nos jours, ôte ou donne ?

Et, à part les qualités extérieures que je vous

solitaires ou groupées au sommet des tiges ; un ovaire supère ; un style simple ; trois stigmates obtus ; six étamines à filets courts et à anthères allongées ; périanthe simple en forme de cloche et à six sépales ; le fruit est une capsule à trois loges contenant deux rangées de graines ; hampes cylindriques ; feuilles alternes, opposées ou verticillées.

Les principales espèces sont :

1° La FRITILLAIRE IMPÉRIALE (*Fritillaria imperialis*) ;

2° La FRITILLAIRE MÉLÉAGRIDE ou DAMIER, ou PINTADE (*F. meleagris*) ;

3° La FRITILLAIRE DES PYRÉNÉES (*F. Pyrenaïca*) ;

4° La FRITILLAIRE DE PERSE (*F. Persica*).

Toutes ces plantes se multiplient de graines ou d'ognons ; il leur faut une terre humide et grasse.

7.

reconnais, quels sont vos droits au rang suprême?
Versez-vous dans l'atmosphère un torrent de parfums exquis, ou bien êtes-vous utile à quelque
chose? Non. Votre odeur me met le cœur aux
lèvres et votre bulbe est un poison [1].

Comme beaucoup d'autres, j'ai dans ma jeunesse brigué le vain honneur d'être admis à votre
cour. Les fleurs dont vous étiez entourée brillaient
ainsi que vous de tous ces charmes trompeurs in-
ventés par Satan pour peupler son domaine ; à les
voir cependant on les eût prises pour des anges.
Et moi qui jusque-là n'avais habité que les campagnes, je me laissai facilement séduire par leurs
appâts mensongers.

Cependant bientôt mes yeux se dessillèrent : je
m'aperçus que ma naïveté, mon innocence et ma
bonne foi me rendaient un objet de dérision. Je
voulus d'abord n'y pas croire ; mais enfin je dus
me rendre à l'évidence, et j'eus la triste convic-
tion que dans ce monde

> Il est des lieux où l'aimable franchise
> En aucun temps ne peut se rencontrer ;
> Là le mensonge, étant pris pour devise,
> Sait avec art tout y transfigurer.

[1] M. Orfila a empoisonné des chiens avec des
bulles de Fritillaire.

Or, avant de parler, il faut, si l'on est sage,
Observer avec soin les mœurs et le séjour.
    Ce que l'on peut dire au village,
    Il faut le cacher à la cour !

Là, bien souvent on voit la perfidie,
De l'innocence empruntant le bandeau,
Par une basse et froide comédie
De votre cœur enlever un lambeau.
Si le ciel paraît pur, il faut craindre l'orage ;
Si le gazon fleurit, le serpent rôde autour.
    Ce que l'on doit croire au village,
    Il faut en douter à la cour !

Et j'ai de grandes raisons pour m'en souvenir car,

Sous ces lambris où la vaine opulence
Énerve tous les sentiments du cœur,
Je crus un jour, en ma sotte démence,
Apercevoir l'étoile du bonheur ;
Je me sentais heureux, comme l'est sur la plage
Le pauvre naufragé qui doutait du retour.
    Cela pouvait être au village ;
    Mais, hélas !... j'étais à la cour !

Depuis que vous avez quitté, majestueuse créature, les vallées fertiles d'Yezd, d'Ispahan et de Schiraz, c'est-à-dire depuis environ trois siècles [1],

[1] La Fritillaire, que quelques-uns croient originaire de la Thrace, mais que nous supposons l'être

il s'est constamment trouvé des amateurs pour vous perpétuer dans les jardins d'Europe. Je ne les blâme point entièrement, et je désire même que vous y restiez toujours pour être un type exact de l'étrange assemblage formé d'une âme vile et d'un corps accompli ; mais, dussé-je exciter votre courroux royal, je dirai que je vous préfère de beaucoup cette petite et gracieuse *Fritillaire Méléagride*, qui dès le mois de mars épanouit dans les pâturages ses jolies fleurs à carreaux blancs, jaunes ou pourpre. On commence à l'admettre dans les bosquets : puisse-t-elle n'y pas perdre ce cachet de simplicité charmante, le plus bel apanage de la fille des champs !

de Perse, fut apportée de Constantinople à l'empereur Maximilien II vers le milieu du seizième siècle. Nous ne l'avons en France que depuis 1570.

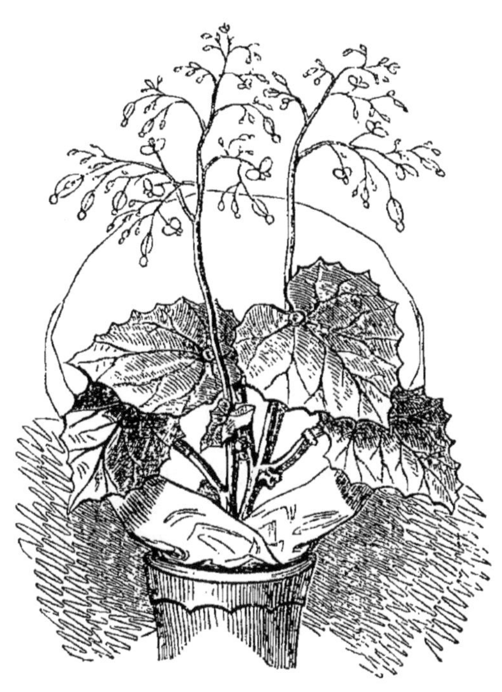

BEGONIA [1].

Jusques à quand, ma pauvre Indienne, te lais-
sera-t-on gémir en dehors du monde végétal sans

[1] Le genre Begonia n'a pu encore être rangé dans
aucune des familles naturelles. M. Richard en a fait

t'assigner une place dans l'une des familles qui le composent?

Es-tu l'unique rejeton d'une race éteinte? ou bien, fille d'un amour mystérieux, serais-tu condamnée pour toujours à rechercher en vain celle qui fut ta mère?

Je le dis avec peine, mais j'ai peur que cette

une famille à part sous le nom de Bégoniacées; mais on n'est pas plus d'accord sur le rang que cette famille doit occuper. Les uns la placent entre les Cucurbitacées et les Cactées, d'autres entre les Ficoïdées et les Crucifères, d'autres entre les Chénopodiées et les Polygonées; il est même des auteurs qui la rapprochent de cette dernière famille, en vertu de la ressemblance que les Bégones ont avec les Oseilles par le port et par l'acidité des feuilles. Il faut avouer que ce caractère est bien minime. Quoi qu'il en soit, voici ceux du genre *Bégone :* fleurs *monoïques*, c'est-à-dire *germinifères* et *polliniques* sur le même pied; les *germinifères* sont formées par un ovaire surmonté de trois styles, et par un calice qui, adhérent à l'ovaire par sa base, se divise au-dessus et au-dessous en segments pétaloïdes; le fruit est une capsule contenant une foule de graines; les fleurs polliniques sont composées d'un très-grand nombre d'étamines entourées d'un double calice coloré. La tige des Bégones est herbacée, les feuilles sont le plus souvent radicales et obliques.

Ces plantes sont originaires des plus chaudes contrées de l'Inde et de l'Amérique.

dernière supposition ne soit réelle ; et tu le crois aussi sans doute : car un soir je te vis tressaillir en entendant une jeune fille qui, comme toi, délaissée, chantait, assise sur une roche, au milieu d'une des forêts du Nouveau-Monde , ces mélancoliques paroles qui me sont restées dans la mémoire :

Que vous avais-je fait, dites-le-moi, ma mère,
   Pour me priver de votre amour ,
Et me laisser errante et seule sur la terre
   Aussitôt que je vins au jour?

D'un fatal préjugé si vous fûtes victime,
   Je vous pardonne ; et cependant
Deviez-vous supposer qu'il est un plus grand crime
   Que d'abandonner son enfant?

Si parfois vous pensez à votre pauvre fille,
   Qui loin de vous gémit, hélas !
Sans abri, sans soutien, sans appui, sans famille,
   Oh ! dites, ne pleurez-vous pas?

Et, quand de son destin vous êtes occupée,
   Votre cœur n'est-il pas jaloux
En songeant qu'elle peut, par son instinct trompée,
   En aimer une autre que vous?

Oh ! n'ayez pas du moins cette douleur amère,
   De vous attendre j'ai fait vœu ;
Et mon âme sera jusque-là tout entière
   A celui qui nous fit tous — Dieu !

Plus tard, bientôt, demain peut-être, ma jolie Bégonia, les savants te rendront enfin à ta famille ; tandis que cette malheureuse enfant, si bonne et si résignée, qui te ressemblait par la beauté, la grâce et l'infortune, qui en a pris soin ? Personne ! — Qu'est-elle devenue ? Que deviennent celles qu'une faute a placées dans une condition aussi déplorable ? Elles n'ont qu'à mourir de chagrin, de misère ou de honte !

Ah ! crois-moi, je te l'assure, il vaut encore mieux être fleur que d'être femme !

BRUYÈRE [1].

Salut ! trois fois salut à toi, ma mignonnette, à toi dont la famille présente un type si frappant de

[1] Ce genre fait partie de la famille des *Éricinées*. Ses caractères botaniques sont les suivants : fleurs

8

cette amitié fraternelle et de cette union solide que les hommes ne cessent de prêcher, mais qu'ils mettent si rarement en pratique.

J'ai fort souvent interrompu ma course pour aller me percher au sommet des pyramides élégantes formées par l'assemblage de vos petites corolles aux configurations si capricieuses; mais le

de colorations très-variées, axillaires, ombellées, verticillées ou terminales, et entourées de bractées; un pistil; huit étamines; corolle en forme de cloche, de grelot, de trompette, de carquois, etc.; tige ligneuse, généralement peu élevée, mais atteignant 5 ou 6 mètres dans quelques espèces; feuilles persistantes, linéaires, verticillées, alternes ou éparses.

Plusieurs *Bruyères* sont indigènes de la France; mais les plus remarquables sont originaires de l'Afrique ou de l'Asie.

Les principales espèces sont :

1° La BRUYÈRE VULGAIRE (*Erica vulgaris*), que l'on trouve aux environs de Paris, dans la Sologne et près de Bordeaux; ses fleurs sont blanches, roses ou lilas;

2° La BRUYÈRE CENDRÉE (*E. cinerea*), dont les fleurs sont rouge-vif, et qui croît dans les bois et sur les coteaux;

3° La BRUYÈRE CILIÉE (*E. ciliaris*). Ses fleurs purpurines sont disposées en grappes; elle est commune sur les montagnes des Corbières;

4° La BRUYÈRE A BALAI (*E. scoparia*), très-abon-

ciel m'est témoin que ce n'était jamais avec l'intention de faire naître en vous les étincelles de cette flamme ardente qui ne s'éteint que dans la volupté !

Non ; je comprenais, je respectais et j'admirais trop le paisible sentiment qui semblait vous unir pour essayer de lui en substituer un autre ; et je

dante autrefois dans la forêt de Fontainebleau. On ne l'y rencontre presque plus aujourd'hui ;

5° La Bruyère a grandes fleurs (*E. grandiflora*), qui fut apportée du cap de Bonne-Espérance en 1775. Ses fleurs, à demi pendantes, sont rouge-orangé en dessus et jaune en dessous ;

6° Bruyère en bouteilles (*E. obbata*), ainsi nommée de la forme de sa corolle ;

7° Bruyère porcelaine (*E. ventricosa*). On la cultive en France depuis une quarantaine d'années. Ses corolles sont entièrement blanches, à l'exception de l'entrée du limbe, qui est rouge ;

8° La Bruyère élégante (*E. formosa*), dont les fleurs sont rouges et très-grandes ;

9° La Bruyère alvéolée (*E. gelida*), remarquable par ses fleurs vertes.

Ces quatre dernières espèces sont également originaires du Cap.

Toutes ces plantes se multiplient de graines ou de boutures. Les graines se sèment dans le mois de mars, et aussitôt leur maturité ; les boutures se font dans les mois de mai et de juin.

renonçais volontiers à dresser près de vous des temples à l'amour, dans la crainte de nuire au saint culte de l'amitié !

Comment, d'ailleurs, rester insensible à la manière dont vous suivez ce culte ? Ce n'est point par des serments trompeurs ou de vaines démonstrations que vous témoignez de votre sympathie les unes pour les autres. L'égoïsme du bien-être ne vous fait pas oublier l'absence. Il existe entre vous un lien qui vous enchaîne, et rompre ce lien c'est vous condamner à mourir !

J'en ai vu de mes propres yeux l'exemple. Une colonie de Bruyères s'était fondée dans les landes arides du département de la Gironde, et depuis plusieurs années elle embellissait une portion de ces déserts, fournissant aux abeilles un miel délicieux, aux chèvres une succulente nourriture, aux voyageurs un peu d'ombre, aux bergères de frais bouquets.

Un spéculateur acheta les terres, et par conséquent la colonie ; et, voulant la multiplier, il donna l'ordre de planter séparément chaque pied de Bruyère sur une plus grande étendue de terrain.

Que de sanglots s'exhalèrent, que de larmes se répandirent en entendant cet ordre barbare ! Ce fut inutile : l'exécution eut lieu ; et peu de jours après, toutes, inclinées vers le sol, présentaient

les symptômes d'une mort prochaine. Le spéculateur, inquiet, leur prodigua tous les soins ima-
ginables : il leur mit des tuteurs, les entoura d'un
riche engrais, les arrosa plusieurs fois le jour ;
rien n'arrêta les progrès du mal.

Ne pouvant pas supposer que cela provenait de
la transplantation ou d'une différence dans le ter-
roir, puisque celles qui n'avaient pas été déplacées
offraient les mêmes phénomènes que leurs sœurs ;
il lui vint alors heureusement à l'esprit que ces
pauvres petites plantes ne souffraient que de leur
séparation : il les replaça donc ensemble dans le
même endroit, et peu d'heures ensuite elles res-
plendissaient d'existence et d'éclat [1].

[1] Ce récit n'est pas une fiction : les Bruyères, en
effet, ne peuvent croître que lorsqu'elles sont réunies plusieurs ensemble ; elles s'accommodent même
très-mal de la société des autres végétaux, particu-
larité que l'on explique en considérant que leurs
feuilles excessivement tenues ne trouvent plus assez
d'air à aspirer quand des plantes à feuilles plus
larges vivent dans le même rayon.

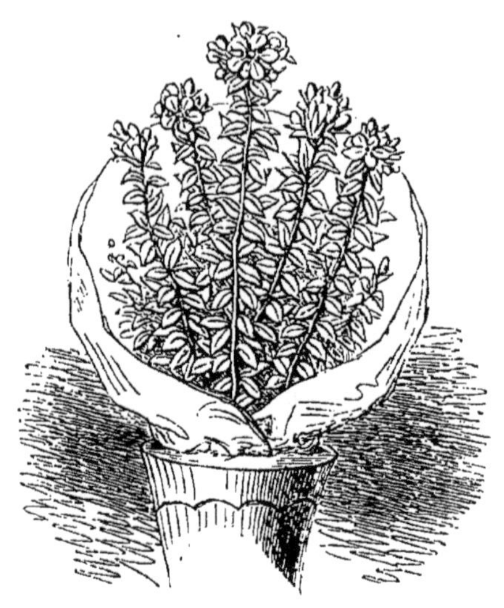

DIOSMA [1].

Aussi jolie que tes bonnes amies les Bruyères,
auxquelles tu ressembles par la gentillesse et la

[1] Ce genre fait partie de la famille des Rutacées.
Voici quels sont ses caractères botaniques : fleurs

tournure, tu possèdes en outre, ma petite *Diosma*, des propriétés précieuses, qui m'ont toujours fait

blanches ou rosées, solitaires ou disposées en corymbes terminaux ; ovaire libre à cinq loges ; style simple ; stigmate à cinq lobes ; cinq étamines ; corolle à cinq pétales étalés et alternant avec les étamines ; calice persistant à cinq divisions ; le fruit est une capsule ligneuse ; feuilles opposées ou éparses, marquées inférieurement de points glanduleux.

Les principales espèces de ce genre sont :

1° Le Diosma a feuilles opposées (*Diosma oppositifolia*), vulgairement appelé *Bucco*. C'est principalement cette plante dont les Hottentots se servent contre une foule de maladies, et c'est elle aussi qui fournit une huile essentielle très-propre à calmer les nerfs.

2° Le Diosma rouge (*D. rubra*), dont les rameaux sont rougeâtres ;

3° Le Diosma velu (*D. hirsuta*), qui tire son nom du duvet qui recouvre les pédoncules de ses fleurs. Ses feuilles et ses fruits sont odorants ;

4° Le Diosma a feuilles de Bruyère (*D. ericoïdes*) ;

5° Le Diosma a feuilles de Ciste (*D. cistoïdes*).

Ces arbustes sont presque tous originaires du cap de Bonne-Espérance. On les multiplie de graines ou de boutures ; mais ce dernier mode est préférable, car les graines perdent fort promptement leur faculté germinative. Les boutures se font dans le cours de l'été, elles exigent une terre légère et au moins la température de l'orangerie.

te comparer à ces femmes angéliques qui, dévouées au soulagement du malheureux qui souffre, sont dignes de porter le surnom de *belle et bonne.*

Sans énumérer toutes tes vertus médicales, que les Européens n'emploient pas assez souvent, je rappellerai que les jeunes Hottentotes, à une certaine époque de l'année, quittent leurs cases dès le lever du soleil pour aller dans la campagne cueillir en chantant les charmants bouquets dont se couronne ton feuillage. Tout le jour ces bouquets leur servent de parure ; et quand ils commencent à se flétrir, elles en enlèvent délicatement les fleurs, qui, distillées avec art, leur fournissent une essence limpide, et fort avantageuse, à ce qu'il paraît, contre la surexcitation des nerfs.

Ces pauvres jeunes filles, beaucoup moins avancées en civilisation que les Européennes, ne savent pas encore tout le parti que l'on peut tirer d'une affection nerveuse ; et, dans la naïveté de leur âme, elles s'imaginent que rien n'est moins agréable qu'une maladie. Que l'on ne s'empresse pas de les désabuser ; qu'elles ignorent le plus longtemps possible le triste moyen d'obtenir d'un époux avare le cachemire que l'on convoite, car cette ruse puérile et ridicule a souvent une fâcheuse influence sur l'équilibre de la santé.

J'ignore si l'huile essentielle contenue dans les

vésicules glanduleuses qui sont situées sous tes feuilles a la propriété de s'enflammer à l'approche d'un corps incandescent, comme cela existe pour une autre plante de ta famille [1]. J'avoue ne l'avoir jamais expérimenté, dans la crainte de compromettre mes ailes. Tout feu réel m'épouvante ; et je mettais autant de soin à l'éviter que j'avais d'empressement à nourrir celui qui ne pouvait atteindre que mon cœur.

[1] Le Dictame, « plante remarquable par la singularité qu'elle présente d'être entourée pendant l'été par une atmosphère qui s'enflamme dès qu'on en approche une bougie allumée. Ce phénomène est dû à une huile aromatique, qui, sous l'influence du soleil, est sécrétée par une multitude de petites glandes qui existent sur les sépales du calice et sur les rameaux supérieurs de la tige. » (*Herbier des Demoiselles.*)

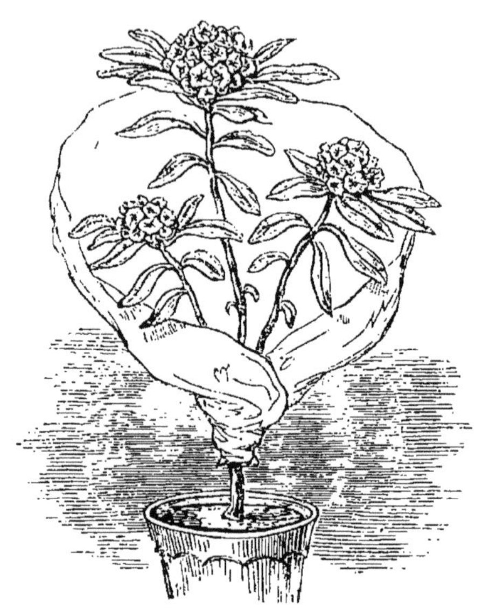

RHODODENDRUM [1].

Sarpebleu ! messire du Rhododendrum, vous êtes un heureux coquin d'être admis en aussi bonne compagnie !

[1] Ce genre de plantes, dont le nom français est

Néanmoins il me semble que ce n'est pas tout à fait là votre opinion, et je serais tenté de croire que vous regrettez votre ancienne résidence au sommet des montagnes de l'Inde ou des Alpes ;

Rosage, est un type de la famille des *Éricinées*. Ses caractères botaniques sont les suivants : fleurs disposées en corymbes et variant de colorations depuis le rose-tendre jusqu'au rouge-vif ; ovaire arrondi ; style allongé ; stigmate rougeâtre ; dix étamines insérées sur la corolle ; calice à cinq divisions ; tige de 1 à 3 mètres ; feuilles alternes ou éparses, vert-foncé, luisantes et persistantes.

Les espèces les plus remarquables sont :

1° Le ROSAGE EN ARBRE (*Rhododendrum arboreum*), dont les fleurs sont pourpre, et qui sur les montagnes de l'Inde atteint 5 ou 6 mètres d'élévation ;

2° Le ROSAGE DE PONT (*R. ponticum*), qui ressemble au précédent, moins la taille, et qui fut rapporté par Tournefort des environs de Trébisonde ;

3° Le ROSAGE VELU (*R. hirsutum*), ainsi nommé parce que ses feuilles sont bordées de petits cils ; il est originaire des Alpes ;

4° Le ROSAGE DORÉ (*R. aureum*), qui est natif des montagnes de la Sibérie orientale ; ses fleurs sont jaune-d'or. Les Cosaques emploient ses feuilles en guise de thé.

Ces plantes se multiplient de boutures et de marcottes, et mieux encore de graines.

car, si je ne m'abuse, vous n'êtes pas de ceux qui, placés sur le faîte, aspirent à descendre.

Ne vous trouveriez-vous donc pas amplement dédommagé par l'honneur que l'on a fait à l'un de vos rejetons en le glorifiant du nom célèbre de l'un des grands maréchaux de la littérature [1]? Cependant, quel plus bel hommage pourrait-on vous rendre, et quel titre plus illustre sauriez-vous avoir aux yeux de la postérité?

J'aurais donné.... je ne sais quoi pour assister invisible à la cérémonie d'adoption qui dut alors avoir lieu. Je présume que c'était fort attendrissant, à moins que ce n'ait été parfaitement ridicule.

Avait-on ouvert des pourparlers avant le baptême, ou bien surprit-on le génie sans rival durant qu'il était à même de mastiquer un beefsteak d'ours ou de préparer pour ses admirateurs quelque chose d'une digestion plus difficile encore?

Faut-il voir dans cet hommage un côté emblématique basé sur l'éclat et la profusion de tes fleurs? En ce cas, l'adulation aurait dû réfléchir que, si vos corolles sont séduisantes, elles ont le désavantage de recéler un venin subtil contre lequel il est sage de se prémunir [2].

[1] Alexandre Dumas.

[2] Beaucoup d'auteurs pensent que c'est à une es-

Je suppose, en insecte poli, que l'on n'a point envisagé l'emblème ; aussi n'aperçois-je là qu'un de ces errements stupides dont l'inconvénient le moins grave sera d'être peu propres à faciliter la mémoire, attendu qu'un nom d'homme, quels que soient le rang ou la renommée de cet homme, ne vaudra jamais celui qui serait basé sur l'aspect ou la couleur de la plante.

En revanche, cela promet pour l'avenir une nouveauté plaisante. Dans toute espèce d'action, la réaction est inévitable ; et si maintenant les individus du monde végétal prennent aux hommes leurs noms et leurs titres, les hommes à leur tour demanderont plus tard un légitime échange.

Rien de plus juste, et déjà de gaieté je crispe mes antennes en les entendant s'appeler monsieur Coquelicot, mademoiselle Tulipe, monsieur le marquis de Melon, madame la marquise de Concombre, monsieur le duc de Souci, madame la duchesse de Perce-Neige, etc.

pèce de Rhododendrum (le Rosage de Pont) qu'il faut attribuer les effets toxiques qui se manifestèrent chez les Grecs commandés par Xénophon. (Voyez à ce sujet la note de la page 49.) Le miel délétère, produit par les abeilles qui butinent sur les fleurs de ce Rhododendrum, est connu dans le pays sous le nom de *Macromenon*.

9

CINÉRAIRE [1].

Autrefois simple fleur des champs, des pâturages et des rochers, et seulement recherchée par

[1] Ce genre appartient à la famille des Synanthé-
rées, tribu des Corymbifères. Voici quels sont ses

les jeunes filles des campagnes, tu brilles aujour-
d'hui, ma charmante Cinéraire, dans les plus beaux
temples de Flore, et les grandes dames viennent

caractères botaniques : fleurs composées de fleurons
mixtes et de fleurons germinifères : ces derniers occupent la circonférence et les autres le centre ; réceptacle nu ; graines pourvues d'aigrettes ; tige herbacée
ou demi-ligneuse ; feuilles sessiles, pétiolées ou am-
plexicaules.

Les principales espèces sont :

1° La Cinéraire maritime (*Cineraria maritima*),
qui a servi de type à ce genre et que l'on trouve en
abondance dans le bassin de la Méditerranée ; sa
tige et ses feuilles sont cendrées et ses fleurs d'une
jolie couleur jaune-feu ;

2° La Cinéraire des champs (*C. campestris*), dont
la tige est rougeâtre et cotonneuse, et qui a ses
feuilles radicales pétiolées, tandis que les autres
sont sessiles ;

3° La Cinéraire pourpre (*C. cruenta*), dont les
fleurs sont pourpre-clair ; les feuilles vertes en dessus
et pourpre en dessous ; elle est originaire de Té-
nériffe ;

4° La Cinéraire lanieuse (*C. lanata*) ; ses fleurs
ont le disque rouge–brun, les rayons pourpre en
dessus et violets en dessous ; ses feuilles sont en forme
de cœur ; elle nous vient des îles Canaries ;

5° La Cinéraire a feuilles de peuplier (*C. po-
pulifolia*), dont les fleurs sont jaunes et les feuilles
persistantes.

souvent t'emprunter le complément de leur toilette.

Ces faveurs-là t'étaient dues, car assurément
rien n'est plus gracieux que tes jolies collerettes
si délicatement découpées.

Mais, en te voyant acquérir par la civilisation
des variétés infinies de nuances, je crains que tu
ne perdes ton originalité première et que ton nom
ne soit plus en rapport avec ton aspect [1].

Je le regretterais d'autant plus que ce serait
anéantir en même temps une légende qui te concerne.

Cette légende est, je crois, peu connue ; je vais
la reproduire telle qu'elle me fut racontée par un
vieux hanneton dont je fis la connaissance sur les
bords de la Méditerranée.

Je venais de t'apercevoir sur le flanc d'une montagne rocheuse et je me dépêchais de voler vers
toi, quand ce hanneton bi-centenaire me retint au
passage.

— Ohé ! fringant et beau papillon, me dit-il,
où courez-vous donc si vite ?

Si son âge n'eût pas commandé le respect, j'aurais envoyé promener l'importun ; mais, en raison

[1] Cinéraire vient d'un mot latin qui veut dire
cendre.

de sa vieillesse, je me crus obligé de répondre, et m'arrêtant près de lui :

— Vous le voyez, mon père, je parcours les plaines éthérées.

— Très-bien, mon fils ; mais pourquoi vous dirigez-vous plutôt de ce côté que d'un autre ?

La franchise étant la principale qualité des insectes :

— Vous le devinez bien, mon père, repartis-je ; car vous n'ignorez pas sans doute l'existence de cette jolie fleur qui croît dans votre voisinage.

— Non, mon fils, je ne l'ignore pas, reprit le vieillard, et c'est parce que j'ai deviné vos intentions que je me suis permis de vous arrêter. Connaissez-vous l'origine de cette fleur ?

— Aucunement.

— Eh bien ! je vais vous la dire, et je suis persuadé que vous aurez ensuite pour elle tous les égards que l'on doit à l'infortune.

« Il y a de cela bien longtemps, poursuivit le hanneton, un riche seigneur, le duc de Kraman, habitait avec la jeune Arelia, sa fille, un somptueux manoir bâti sur le sommet de cette montagne et dont nous apercevons d'ici les ruines.

» Ce seigneur était orgueilleux et vindicatif ; sa fille était un ange de douceur et de bonté.

» Quand la belle Arelia fut en âge de se marier,

9.

plusieurs prétendants se présentèrent ; mais le père fit annoncer qu'il ne donnerait sa fille qu'à celui qui le délivrerait d'une horde de bandits qui ravageait ses possessions de la mer Noire.

» L'entreprise était périlleuse, aussi tous les prétendants se retirèrent.

» Un jeune homme beau, noble et brave vint alors trouver le seigneur ; il se nommait Andrea de Montel.

» — Seigneur, dit-il au duc, voulez-vous de moi pour gendre, si je remplis la condition que vous imposez ?

» — Qui êtes-vous ? répondit le seigneur de Kraman.

» — Un orphelin n'ayant pour toute fortune que son cœur et son blason ; mais l'un est sans peur et l'autre est sans tache.

» — Cela me suffit, répliqua le duc. Partez, soyez vainqueur, et ma fille est à vous.

» — Un instant, seigneur, reprit Andrea ; je dois sans doute me contenter de votre parole : cependant je désirerais savoir si votre fille ne s'opposera point à ce que vous la teniez.

» Quoiqu'il parlât ainsi, le jeune homme savait parfaitement à quoi s'en tenir ; depuis longtemps il aimait Arelia, qui de son côté lui rendait amour pour amour ; et bien souvent, à la clarté des étoiles, quand tout dormait au manoir, ils s'étaient rencontrés au pied de la tourelle.

» — Qu'à cela ne tienne, répondit le seigneur. Puis, appelant un de ses varlets, il ordonna que l'on fît venir sa fille.

» Quand les deux jeunes gens furent en présence, une vive rougeur colora leur front, mais le duc n'en devina pas la cause.

» — Vous connaissez, belle damoiselle, fit Andrea, la condition que votre père exige de son gendre futur ?

» — Oui.... je la connais, seigneur, répondit Arélia tremblante.

» — Je jure, continue le jeune homme, de ne plus reparaître avant qu'elle soit accomplie.

» — Et moi, je jure de n'être jamais à un autre si vous l'accomplissez.

» — Si je manque à mon serment, que je sois considéré comme un lâche.

» — Si je ne tiens pas le mien, que le feu du ciel s'abîme sur moi !

» — Êtes-vous satisfait, Andrea ? fit le seigneur de Kraman.

» — Oui, duc. A présent je me sens invincible.... A bientôt !

» Deux mois après, un émissaire d'Andrea vint

dire au duc que le jeune héros revenait chargé des dépouilles des brigands, qu'il avait complétement détruits.

» En apprenant cette nouvelle, le duc ne put dissimuler sa joie. Néanmoins, au lieu de récompenser l'émissaire, il lui fit secrètement trancher la tête. Car, durant ces deux mois, un riche margrave de l'Allemagne s'était offert pour son gendre ; et, débarrassé de ses ennemis, il ne consultait plus que son avarice.

» Il fut à la rencontre d'Andrea, qu'il enferma par surprise dans un souterrain du manoir, et il eut la barbarie de dire à sa fille que le jeune homme avait péri dans son dernier combat.

» Le désespoir dont Arélia fut saisie serait inexprimable.

» Quand le duc le crut calmé : — Je suis vieux, dit-il à sa fille ; je puis mourir d'un jour à l'autre, et ne voulant pas que tu restes seule sur la terre, je désire, mon enfant, dans ton intérêt et pour mon repos, que tu prennes l'époux que je t'ai choisi.

» La pauvre enfant fondit en larmes et tenta de s'opposer aux volontés de son père ; mais ce fut en vain. L'autel fut dressé.

» Cependant, au moment de prononcer le *oui* fatal, un râle d'agonie, celui d'Andrea qui expirait

de faim dans son cachot, vint la frapper au cœur !
Se levant alors et rassemblant toutes ses forces :

» — Non ! s'écria-t-elle, non, il n'était pas
mort ! On m'a trompée ! Je viens d'entendre son
dernier soupir ! C'est maintenant qu'il meurt ! et
c'est maintenant que je dois aussi mourir ! Ciel !
exerce ta justice !

» Tout aussitôt le temple s'écroula avec un fra-
cas épouvantable, et sur ses débris on vit appa-
raître une forme de jeune fille que des flammes
consumaient sans qu'elle semblât en souffrir, et
qui peu à peu se transformait en une fleur charmante que l'on appela *Cinéraire.* »

CROCUS [1].

Je ne suis plus aussi téméraire que je l'étais
jadis, mon petit Crocus; aussi je n'irai pas trop

[1] Le genre *Crocus*, en français *Safran*, fait partie
de la famille des Iridées. Ses caractères botaniques
sont : fleurs jaunes ou violettes entourées d'une
spathe qui leur sert de calice; ovaire arrondi; style

près de tes corolles et je ne me laisserai pas prendre à ton odeur traîtresse, qui faillit un jour me

à trois divisions portant autant de stigmates ; trois
étamines presque sessiles et à anthères en forme de
flèche ; corolle à six divisions ; capsule à trois loges ;
feuilles verdâtres, lisses en dessus et blanches en
dessous.

Les espèces les plus remarquables sont :

Le Safran printanier (*Crocus vernus*) ; ses fleurs
sont jaunes et marquées de raies violettes ou
blanches ;

Le Safran de Naples (*C. Napolitanus*) ; sa corolle, nuancée de violet, de bleu et de blanc, présente à l'entrée du tube une petite touffe de poils ;

Le Safran nain (*C. miniatus*), remarquable par
sa petitesse ; ses fleurs sont violettes.

« Mais la plus importante est le Safran cultivé
(*C. sativus*), qui est originaire de l'Asie et que l'on
cultive dans plusieurs provinces de la France. Les
métayères en mettent les stigmates dans le lait pour
jaunir leur beurre, elles s'en servent aussi pour as-
saisonner leurs soupes et leurs ragoûts. Les fabri-
cants de vermicelle, de macaroni, etc., l'emploient
pour donner à leur pâte une plus belle couleur.

» Le Safran était connu dès la plus haute antiquité. A Tyr et à Sidon, on en teignait le voile des
jeunes mariées. Les Égyptiens et les Romains le fai-
saient entrer dans plusieurs aliments auxquels *il*
communiquait sa couleur et son parfum. »

(Herbier des Demoiselles.)

faire perdre la liberté ; la liberté, ce bien-être suprême dont l'univers suivra bientôt les lois, et qui d'un mot renverse un diadême quand on s'en moque à l'oreille des rois !

C'était dans un beau parc, où j'avais été attiré par l'éclat et le parfum des fleurs qui y croissaient en abondance ; et, sans songer aux périls de l'ivresse que tu procures [1], je jouais follement avec tes stigmates. Bientôt le vertige me saisit, un sommeil léthargique lui succède, et quand je me réveille, je me trouve, hélas ! emprisonné !

J'avoue, toutefois, que ma captivité ne fut ni trop dure ni trop désagréable : car j'avais pour geôlière une ravissante fille d'Ève et son boudoir était ma prison. Si même un jour j'écris mes mémoires, je me promets bien de relater les observations que j'ai faites pendant les deux jours et les deux nuits que je suis resté près d'elle. Mais, c'est égal, l'espace me manquait ; j'avais besoin de courir le monde ; et, malgré l'affection que je lui portais déjà, j'éprouvai le plaisir le plus vif quand elle m'eut lancé dans les airs, en me disant pour adieu

---

[1] Il se dégage des stigmates de quelques *Safrans* un principe subtil qui a sur les nerfs une action puissante ; à dose minime, il provoque l'enjouement et la gaieté ; mais l'excès peut amener des accidents léthargiques fort graves.

cette douce romance que j'ai gravée sur mes ta-
blettes :

Je te rends l'espace et la vie,
Joli papillon azuré.
Oh ! reprends ton vol que j'envie.
Dieu peut-être l'a mesuré.

Vole, vole, vole,
Beau papillon, vole ;
Pour toi la corolle
De la fleur des champs
S'ouvre gracieuse
Et mystérieuse,
Va la rendre heureuse
Loin des yeux méchants.

La poussière de ton corsage
Aux reflets de lapis et d'or
Est sans doute un tendre message
D'amour. Conserve ce trésor !

Vole, vole, vole, etc.

Avec soin évite l'atteinte
D'un jeune enfant malicieux,
Le fil blanc de la vierge sainte
T'offre un sûr appui dans les cieux.

Vole, vole, vole, etc.

Là-bas, derrière la montagne,
Si tu vois celui que mon cœur
En tous lieux toujours accompagne,
Oh ! va lui parler de.... sa.... sœur.

Vole, vole, vole,
Beau papillon, vole ;
Pour toi la corolle
De la fleur des champs
S'ouvre gracieuse
Et mystérieuse,
Va la rendre heureuse
Loin des yeux méchants.

Par reconnaissance pour cette jolie créature, j'ai parcouru les monts et les vallées avec l'espoir de rencontrer l'heureux mortel qui paraissait occuper une si large place dans son âme ; et alors, en paraphrasant le dernier couplet de la romance que j'avais écoutée avec recueillement, je lui aurais dit :

Là-bas, derrière la montagne,
J'ai trouvé celle dont le cœur
En tous lieux toujours t'accompagne,
Et qui tout bas se dit.... ta sœur.

Vite, vite, vite,
Mon ami, va vite.
La belle petite
Au milieu des champs
T'attend gracieuse
Et mystérieuse,
Va la rendre heureuse
Loin des yeux méchants.

Mais, hélas ! je n'ai vu personne ; l'ingrat l'aurait-il abandonnée !

Les hommes seraient-ils donc aussi légers que les papillons !

IRUELLIA [1].

Quoique ton nom, ma belle Indienne, n'ait rien
de significatif au point de vue de la science, je te

[1] Ce genre fait partie de la famille des Acantha-
cées. Voici ses caractères : fleurs bleues ou rouges;

le pardonne aisément, puisqu'il rappelle la mémoire d'un de ces hommes distingués qui consacrèrent leur existence à l'étude des fleurs [1].

Du reste, offrirais-tu prise à la critique, que je n'en userais pas, je l'affirme, étant disposé plutôt à t'accorder toute ma sympathie comme une compensation de l'indifférence glaciale qu'on a pour toi.

C'est tout au plus si quelques-uns te connaissent et ceux-là même te regardent à peine.

un pistil; quatre étamines, dont deux plus courtes que les autres; corolle monopétale à tube trèscourt; calice à quatre divisions inégales; le fruit est une capsule à deux loges, contenant chacune deux graines au plus; tige herbacée ou ligneuse; feuilles ovales, oblongues et opposées.

Les trois espèces les plus remarquables sont :

1° La RUELLIE VARIABLE (*Ruellia varians*), originaire de la côte de Coromandel; ses fleurs forment de petits épis bleu d'azur; elle est en floraison continuelle;

2° La RUELLIE MAGNIFIQUE (*R. formosa*), dont les fleurs sont rouge-écarlate; elle est native du Brésil;

3° La RUELLIE DU MEXIQUE (*R. ovata*); elle est herbacée, tandis que les autres sont demi-ligneuses; ses fleurs sont bleues et sa tige s'infléchit inférieurement; elle fleurit en juillet et août.

[1] Jean Ruelle, médecin-botaniste de Soissons.

10.

D'où vient cela ? Qu'as-tu fait de mal ? Rien, rien, je l'atteste.

Évadée de la côte de Coromandel à l'époque où des industriels affamés commencèrent à faire couler le sang dans ta patrie [1], tu te réfugias en France, paraissant protester ainsi contre l'invasion du despotisme. On te donna l'hospitalité, mais tu n'excitas pas le moindre enthousiasme ; la mode ne t'inscrivit pas sur son bulletin.

Quand, peu d'années après [2], ta sœur du Brésil accourut te rejoindre, ce fut absolument la même chose ; et cependant vous possédez les deux plus nobles couleurs du prisme, le rouge et le bleu ; vous offrez une parure aux brunes et aux blondes, vous pouvez servir de symbole aux plus beaux sentiments patriotiques : le courage et l'élévation du cœur !

[1] Allusion à l'établissement des Anglais dans l'Inde.

[2] En 1845.

BILLBERGIA [1].

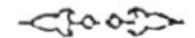

Comment ! toi dans ces lieux, ô ma Brésilienne chérie ! c'est vraiment en un jour trop de bonheur pour moi !

[1] Genre de la famille des Broméliacées, dont le type est l'Ananas. Caractères botaniques : fleurs blanc-rose, disposées en épis entourés de bractées colorées; ovaire infère; style filiforme surmonté de

Te souvient-il?... Mais quoi! tu rougis en songeant à ces heures d'ivresse qui passèrent si vite au gré de nos désirs! — Qui donc aurait le droit de te faire un reproche? n'as-tu pas, autant que tu l'as pu, repoussé mes soupirs, mes serments et mes vœux? n'as-tu pas mille fois hérissé ton armure avant que de céder à mon pressant amour?

Oh! sois tranquille, je ne t'ai jamais confondue avec celles de tes sœurs qui, plongées dans une vile paresse, n'ont pas honte de vivre aux dépens des autres, coûte que coûte à leur pudeur [1]!

L'amour qui s'est donné porte en soi son excuse, mais celui qui se vend n'engendre que mépris!!!

Rassure-toi donc, ma petite Billbergia, tu n'as pas cessé d'être une vierge immaculée, digne en

trois stigmates roulés en spirale; six étamines insérées à la base du calice; périanthe simple, composé de six sépales sur deux rangs; le fruit est une baie globuleuse couronnée par le calice et contenant trois loges remplies de graines; tige herbacée; feuilles ordinairement radicales et armées sur leurs bords de petites dents épineuses.

Les espèces de ce genre sont au nombre de trente environ; on les cultive en serre chaude, et on les multiplie par éclats.

Presque toutes sont originaires du Brésil.

[1] Allusion aux plantes parasites que cette famille renferme.

tous points d'hommages et d'estime ; et je répé-
terai ce que je te disais certain soir que la brise
me parut plus douce, le chant du rossignol plus
suave, le gazouillement du ruisseau plus mélan-
colique et le gazon plus soyeux :

Pourquoi baisser ainsi tes paupières humides ?
Pourquoi n'oses-tu plus lever sur moi les yeux ?
Pourquoi n'entends-je plus ces accents si candides
    Qui me semblaient venir des cieux ?
Oh ! relève ton front, ton beau front de créole ;
Si par toi j'ai connu le bonheur ici-bas,
Non, tu n'as rien perdu de ta blanche auréole !
    Enfant, ne rougis pas.

Non ! non ! ne rougis pas, ô mon ange bien chère,
De m'aimer comme on aime en ton ardent pays,
Où la fleur virginale embaume l'atmosphère
    Sans perdre son frais coloris.
Voyons ! comme autrefois que ta bouche sourie ;
Près de moi viens, oh ! viens, sans aucun embarras ;
Ton seul crime est d'avoir donné plus que ta vie :
    Enfant, ne rougis pas !

Non ! non ! ne rougis pas si désormais ta place
Est d'être toujours là, toujours là sur mon cœur ;
Et si l'heure qui vient comme l'heure qui passe
    Est pour nous l'instant du bonheur.
Non, non, ne rougis pas si désormais ma flamme
Ne doit plus s'altérer jusques à mon trépas,
Si nos deux cœurs enfin n'ont plus qu'une seule âme,
    Enfant, ne rougis pas !

Depuis cette époque, ma Billbergia bien-aimée, les événements nous ont éloignés l'un de l'autre ; mais tu vois qu'en te retrouvant j'éprouve encore l'influence de ce charme puissant sous lequel j'aurais toujours voulu vivre. A bientôt, mon ange, à bientôt ! et nous cimenterons, je l'espère, une amitié fervente et durable avec les cendres de notre amour !

Je suis beaucoup plus satisfait qu'étonné de te
voir ici, mon intrépide cosmopolite : car je ne sa-

[1] Ce genre forme à lui seul une famille appelée
Pittosporées. Voici quels sont ses caractères bota-

che pas qu'il y ait sur terre un seul endroit où tu ne puisses croître et prospérer.

Quelques-uns pensent que, contrairement aux Bruyères, il existe entre les membres de ta famille une invincible antipathie et que la dissension est pour vous un besoin. Évidemment c'est absurde ;

niques : fleurs blanches ou blanc-jaunâtre, solitaires ou disposées en corymbes terminaux ou axillaires ; ovaire supère ; style simple et très-court ; stigmate arrondi ; cinq étamines ; corolle à cinq pétales ; calice monosépale à cinq dents ; le fruit est une capsule uniloculaire contenant des graines visqueuses ; tige ligneuse ; feuilles alternes non stipulées.

Les espèces les plus intéressantes sont :

1° Le PITTOSPORE A FEUILLES ONDULÉES (*Pittosporum undulatum*), ainsi nommé par Ventenat parce que dans sa jeunesse ses feuilles présentent plusieurs lobes inégaux ; ses fleurs, qui sont blanches, exhalent une odeur analogue à celle du Jasmin ; ses rameaux sont superposés par étages ; ses feuilles sont persistantes, éparses inférieurement, et opposées ou verticillées au sommet de la plante. Originaire de la Nouvelle-Hollande, il a été introduit en Europe en l'année 1789 ;

2° Le PITTOSPORE A FEUILLES CORIACES (*P. coriaceum*) ;

3° Le PITTOSPORE TOPIRE (*P. tobira*), dont les fleurs blanc-jaunâtre ont le parfum de la Jonquille. Il est natif de la Chine et du Japon.

de semblables exemples ne se trouvent pas chez les végétaux.

Je crois être plus logique en supposant que le Dieu créateur, en te faisant naître sous les latitudes les plus opposées, a voulu montrer aux hommes que tous les climats sont habitables et que le globe appartient en propre à chacun de ses habitants.

Cette vérité n'est pas encore assez connue, mais peut-être est-elle en train de se réaliser, et c'est vraiment désirable pour l'espèce humaine ; car, on n'en saurait douter, c'est en portant les uns chez les autres leurs idées, leurs mœurs et leurs coutumes, c'est en croisant leurs races, c'est en fraternisant sur une large échelle que les hommes arriveront à cette période de bonheur dont l'avénement est encore entravé par la cupidité, l'égoïsme et l'orgueil.

Quant à toi, mon gracieux arbuste, ta présence en tous lieux doit avoir aussi d'autres motifs, et je suis tenté de croire que tu rendras un jour de fort importants services.

Ce nectar, par exemple, qui suinte de tes rameaux, est-il complétement inerte, et ne deviendra-t-il pas une ressource précieuse si l'on en découvre les vertus ?

Rien n'est inutile en ce monde, et tous les êtres vivants ou animés sont ou seront pour l'homme des auxiliaires dont le plus faible aura son importance.

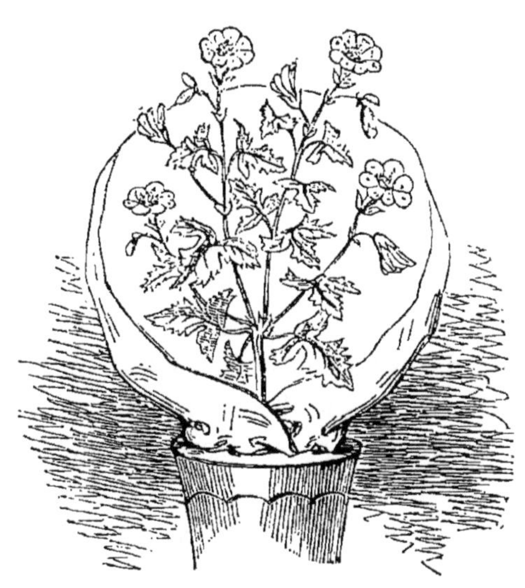

GÉRANIUM [1].

On a tant abusé, mon pauvre Géranium, et l'on
abuse tellement encore de ta faculté reproductive,

[1] Ce genre de plantes appartient à la famille des
Géraniacées. Ses caractères botaniques sont les suivants : fleurs de colorations variées ; ovaire penta-

que l'on t'a fait perdre ce cachet de rareté qui signifie presque distinction.

Mais console-toi, ton nom est inscrit à jamais sur les tables de l'histoire. Si tu encombres un jour les jardins, les prairies et les routes, on n'en aura pas moins de plaisir à te rencontrer : car on se souviendra toujours que ce fut un membre de ta famille qui, choisi par Dieu pour accomplir une mission de justice, vint déceler au monde un atroce forfait [1]. Et jusque dans les temps les plus reculés, les jeunes filles, te tressant en guirlandes pour orner leurs têtes candides, se raconteront cette lugubre histoire de la manière suivante, ou à peu près :

A l'angle d'un vieux mur, au fond d'un cimetière,
Avant l'aube, une vierge immobile et sans voix

gone, surmonté d'un style pyramidal terminé par cinq stigmates; dix étamines réunies en un seul faisceau ; corolle régulière à cinq pétales ; calice monosépale à cinq divisions; le fruit est formé de cinq capsules renfermant un grand nombre de graines ; tige herbacée; feuilles opposées et stipulées.

Les espèces de ce genre sont extrêmement nombreuses : le catalogue du Jardin d'Hiver en indique près de cinq cents, et chaque jour on en obtient de nouvelles au moyen des semis qui sont le meilleur mode de multiplication.

[1] Assassinat de Cécile Combettes.

Se tient à deux genoux, le front dans la poussière,
    Comme le Christ sous sa croix !

Celui qu'un triste soin amène en ce lieu sombre,
En la voyant de loin, s'incline, et croit d'abord
Que cette pauvre enfant, qu'il aperçoit dans l'ombre,
    Est là pour prier sur un mort !

Cependant l'heure fuit…. et toujours immobile,
Toujours à deux genoux, toujours le front baissé,
La vierge imprime encor sur la terre mobile
    Les contours de son sein glacé !

On hésite !… on avance !… on appelle !… on écoute !
Rien !… Rien !… Pas un cri, pas un mot, pas un soupir !
C'est en vain qu'on voudrait conserver quelque doute :
    Cécile a fini de souffrir !

Morte ! morte ! Et de quoi ?… De désespoir peut-être,
En pleurant le trépas de quelque être adoré ?
Non. Mais alors ?… — Venez ici le reconnaître
    Sur ce corps froid et défloré !

Approchez-vous !… Voyez sur ces lèvres livides
D'où s'échappait hier un sourire charmant,
Voyez les noirs sillons que des baisers sordides
    Ont creusés comme un fer brûlant !

Venez mettre le doigt sur la preuve du crime ;
Regardez sur ce front, sur ce cou, sur ce sein :
Des blessures partout ! C'est donc une victime.
    Il y a donc un assassin !

11.

Oui ; le crime est patent. Mais où prendre un indice
Pour saisir et jeter le coupable aux bourreaux ;
Car le traître n'avait que la nuit pour complice
  Et pour témoin que des tombeaux !

On se tait.... Mais bientôt, par le vent balancée
Au sommet de ce mur, qui garde le secret,
Une fleur virginale en pleurant s'est dressée
  Pour nommer l'auteur du forfait !

Sur sa tige brisée et qui de sang est teinte,
Un débris de corolle attire tous les yeux :
Les autres, où sont-ils ? On regarde la sainte....
  Ils sont collés dans ses cheveux !

Le monstre est découvert ! Tu prîras pour son âme,
Toi qui là-haut, Cécile, auras de si beaux jours !
Nous autres, ici-bas, nous châtirons l'infâme ;
  Et la justice aura son cours !

. . . .

. . . .

Qui donc avait semé sur ce mur funéraire
La graine d'où naquit cette petite fleur ;
La seule de son genre en ce lieu solitaire,
  Et qui vient pour venger sa sœur ?

Qui donc ?.. Prosternez-vous, mécréants au cœur vide,
D'un être qui voit tout faites ici l'aveu ;
Et, dans cette humble plante indiquant l'homicide,
  Reconnaissez le doigt de Dieu !

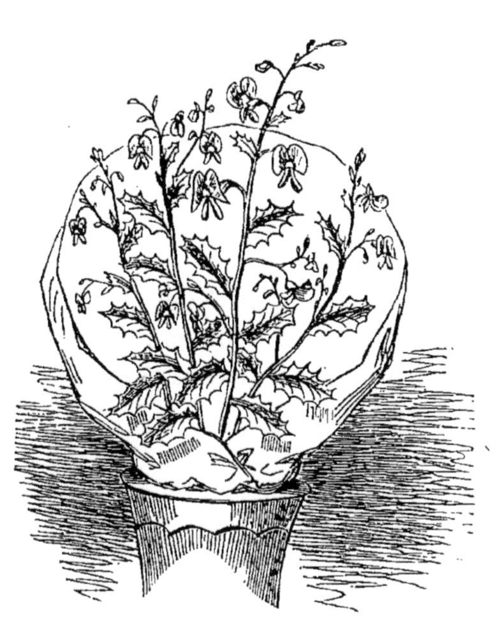

CHORIZEMA [1].

Durant ce bon vieux temps où chaque principe
de morale était renfermé dans un ingénieux apo-

[1] Ce genre de plantes appartient à la famille des
Papilionacées. Caractères botaniques : fleurs axil-

logue, on racontait une histoire que mon père m'a souvent redite, en m'engageant à ne jamais l'oublier.

Elle concerne nos deux races, ma chère enfant; et quoiqu'elle ne soit pas à l'avantage de la mienne, je vais la reproduire dans toute sa simplicité native :

Un jeune papillon, doué des plus brillants avantages, aimait éperdument une petite fleur charmante, dont la candeur et la grâce étaient devenues proverbiales.

laires; style en crochet; dix étamines libres; corolle affectant la forme d'un papillon et dont les deux pétales latéraux ou *ailes* sont plus courts que les deux inférieurs ou *carène;* le pétale supérieur ou *étendard* est arrondi; calice à deux lèvres, dont la supérieure, qui est à deux divisions, est plus longue que l'inférieure, qui en offre trois; le fruit est une gousse renflée contenant plusieurs graines; tige herbacée ou demi-ligneuse; feuilles alternes, quelquefois épineuses.

Les plus intéressantes espèces sont :

1° La Chorizème a feuilles de Houx (*Chorizema ilicifolia*), qui fut découverte sur les côtes de la Nouvelle-Hollande par Labillardière durant son voyage à la recherche de Lapérouse;

2° La Chorizème naine (*C. nana*), qui diffère de la précédente par ses dimensions moins développées.

Cette petite fleur n'était point restée complète-
ment insensible aux perfides attraits du séducteur;
mais, voulant à tout prix demeurer sage, elle s'ar-
mait contre elle-même de toutes les ressources de
la vertu.

Voyant qu'il ne parviendrait pas à triompher
de cette résistance obstinée, le papillon résolut
d'employer le mensonge; et, se rendant près de
la petite fleur :

— Ma seule et bien-aimée, lui dit-il, l'obstacle
que vous mettez à mes désirs ne fait qu'en aug-
menter la violence, et je devine enfin que mon
amour doit être éternel. Je vous l'offre sans aucune réserve; veuillez l'accepter avec confiance;
et si vous me rendez le plus heureux des Lépi-
doptères, je jure de m'engager à vous par les
liens sacrés de l'hymen !

La petite fleur eut la faiblesse ou la naïveté de
croire à ces paroles traîtresses; son âme innocente
ne soupçonna pas le piége, et, aveuglée par l'es-
pérance d'être toujours avec celui qu'elle adorait,
elle lui permit d'effeuiller sa couronne !

Huit jours se passèrent dans d'inexprimables
délices.

Le matin du neuvième la pauvre victime se
trouve seule à son réveil. Elle cherche, elle attend, et puis attend encore. Hélas! c'était en vain,

car l'ingrat avait fui sans même lui laisser un baiser pour adieu !

Convaincue de l'atroce perfidie qui brisait ainsi son existence, elle ne voulut mettre aucune borne à sa douleur, et peu de temps après sa corolle flétrie tombait en expirant de son corps desséché.

Où était et que faisait alors le parjure ? Il cherchait sans doute une autre victime. Mais les dieux ne permirent pas qu'il restât impuni : une main invisible le saisit et le fixa pour toujours sur ce squelette qui avait été son amante. Ses antennes et ses pattes se transformèrent en étamines, ses ailes en pétales, son corps en calice : et tout cet assemblage produisit une fleur qu'on appela PAPILIONACÉE.

Voilà, ma petite Chorizème, l'origine de ta famille ; tant pis pour les savants s'ils n'en croient pas un mot.

PRIMEVÈRE DE LA CHINE [1].

Que te dirai-je à toi, coquette messagère de cette époque heureuse où le cœur et les sens, re-

[1] Genre de la famille des *Primulacées*. Caractères botaniques : fleurs à inflorescence très-variée ; un pistil, cinq étamines quelquefois réunies en un seul faisceau ; corolle monopétale à cinq divisions ; calice

prenant leur vigueur, vont sur l'aile légère des amours sourire au printemps ?

Pour exprimer les idées gracieuses que ton apparition fait naître, il faudrait posséder le chant harmonieux des sirènes ; et pour les écrire, il faudrait avoir une plume de colibri trempée dans une liqueur fournie par la Violette, la Rose, le Lys et l'Oranger !

Mais à quoi bon tenter de rendre ces émotions enivrantes qui n'ont d'expression dans aucune langue ?

A quoi bon reproduire un tableau que l'âme invente ou retrace en lui donnant un si frais coloris ?

J'en appelle à toutes les créatures organisées,

monosépale ; le fruit est une capsule uniloculaire ; tige herbacée ; feuilles ordinairement radicales.

Les nombreuses espèces de ce genre sont toutes originaires de l'Europe ou de l'Asie ; parmi les plus remarquables nous citerons :

1° La PRIMEVÈRE COMMUNE (*Primula officinalis*) ;

2° La PRIMEVÈRE A GRANDES FLEURS (*P. grandiflora*) ;

3° La PRIMEVÈRE, OREILLE D'OURS (*P. auricula*) ;

4° La PRIMEVÈRE A BOUQUETS ou PRIMEVÈRE DE CHINE (*P. sertulosa*).

Toutes ces plantes se multiplient par les semis, qui donnent de fort jolies variétés.

est-il au monde un être qui soit capable de peindre fidèlement ce délicieux transport et ces rêves enchanteurs que le printemps ramène, et dont tu accours, mon aimable Primevère, nous donner le signal et l'élan ?

Est-il un son plus doux que celui de cette voix mystérieuse qui, s'échappant des lèvres du plaisir, vient nous apprendre que sur les toits voltige l'hirondelle et que dans les ormeaux les ramiers font leurs nids !

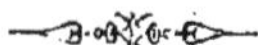

En vous quittant, mes bonnes petites amies, je devrais aller rendre visite à ces beaux arbres que je vois là-bas s'élever si majestueusement et qui ne me paraissent pas souffrir beaucoup de leur exil. Je retrouverais avec eux aussi plusieurs bien agréables souvenirs ; mais les vives sensations que je viens d'éprouver en causant avec vous me forcent à prendre un moment de repos. D'ailleurs, il faut économiser ses jouissances ; c'est surtout dans les riantes excursions que l'on doit voyager à petites journées !

A bientôt donc, magnifiques *Dattiers,* beaux

Domleya, élégants *Cycas,* charmants *Acacias,* et vous tous autres, à bientôt ; nous continuerons de feuilleter ensemble le livre gracieux de ma jeunesse.

FIN.

TABLE.

FIN DE LA TABLE.

Paris. Imprimé par Plon frères, rue de Vaugirard, 36.

www.ingramcontent.com/pod-product-compliance
Ingram Content Group UK Ltd.
Pitfield, Milton Keynes, MK11 3LW, UK
UKHW022352090726
13658UKWH00002B/597